KB117910

**오늘이
무대
지금의
노래**

오늘이
무대
지금의
노래

**일상뮤지컬 채널
'티키틱' 이야기**

티키틱 지음

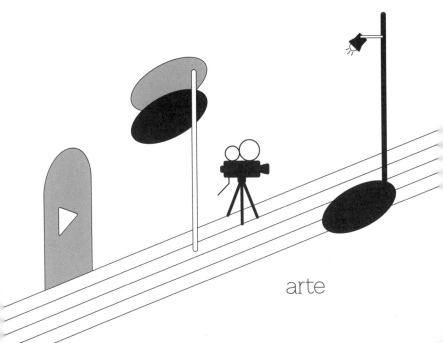

arte

티키틱 소개

— 공연 시작 3분 전 —

반갑습니다.

티키틱의 특별 공연 '오늘이 무대, 지금의 노래'를 찾아주신 관객

여러분께 진심으로 감사의 말씀을 드립니다.

'티키틱TIKITIK'은 평범한 일상 속 누구나 마주할 수 있는 순간을 한 편의

뮤지컬 영화로 바꿔나가는 유튜브 크리에이터 팀입니다. 리더 신혁의

채널이었던 'Project SH'에 세진(연기), 추추(조명), 은택(디자인)이 모여

새롭게 탄생한 티키틱은 2018년 가을, 첫 작품 〈제가 왜 늦었냐면요〉로

활동을 시작해 현재는 약 406년(350만 시간)에 달하는 시청 시간을

기록한 채널이 되었습니다. 티키틱은 지금도 많은 이들의 '오늘'에

즐거움이 깃들길 바라는 마음으로 꾸준히 영상을 만들고, 노래를 부르고

있습니다.

관람 도중 티키틱의 영상이 궁금하실 수 있으니 휴대전화는 전원을

켠 채로 가급적 가까이 두시고, 공연 중 불가피하게 퇴장하실 경우

책갈피를 꽂아주시면 좀 더 편한 재입장이 가능합니다.

" 오늘이 무대, 티키틱! "

티키틱 멤버 소개

신혁
(이신혁)

팀의 대장이자 멤버들을 한 곳에 모은 장본인입니다. 모든 영상의 기획과 연출뿐 아니라 영상 속 노래의 작사, 작곡, 편곡까지 이르는 '일인다역'을 소화하고 있습니다. 종종 주인공이 되어 노래도 하고요.

촬영장에서나 녹음 현장에서는 깐깐한 감독이지만 그만큼 노는 것에도 누구보다 진심인 멤버입니다. '뒤풀이' 이야기를 들으면 없던 힘도 생겨난다나요.

세진
(오세진)

인터넷이라는 무대에서 10년이 넘게 배우로 활동한 베테랑. 지금은 티키틱의 대표 연기자로서 배역과 장르를 가리지 않고 활약하고 있습니다.

특유의 입담과 재치로 촬영장의 분위기메이커 자리를 독점하고 있지만, 사실 카메라 뒤에서는 누구보다 수줍음 많고 조용한 맏형입니다. 어쩌면 다음 무대에 오르기 위한 에너지를 미리 아껴두는 것인지도 모르겠네요.

추추
(추지웅)

촬영 현장에서 꼭 필요한 온갖 촬영 장비와 조명을 책임지는 티키틱의 해결사. 아이디어 회의에서 구상한 그대로의 모습을 카메라에 담아내는 데 필요한 기술적 뒷받침을 담당하고 있습니다.

그의 또 다른 별명은 '잠추'. 어디서든 몸을 누이면 5초 안에 잠드는 것으로 유명합니다. 늦은 밤 촬영장 어딘가에서 코를 고는 소리가 들린다면, 그곳에는 십중팔구 추추가 있습니다.

은택
(김은택)

티키틱의 막내이자 만능 디자이너. 매 작품마다 제목을 개성 있는 디자인으로 표현하기도, 영상 위에 화려한 컴퓨터 그래픽(CG)을 덧입히기도 합니다. 촬영장의 모습을 생생하게 기록하는 '메이킹필름' 담당 감독이기도 하죠.

멤버 중에서 가장 장난기가 많아 다른 형들에게 쉬지 않고 농담을 던지기도 합니다. 웃음의 타율은…… 컨디션에 따라 천차만별입니다.

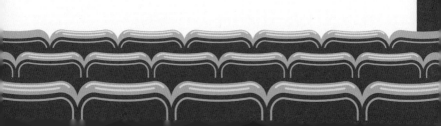

'티키틱'이라는 이름의 모닥불_신혁

돌이켜보면 늘 무언가를 만들고 있었다.

어린 시절엔 한창 종이접기에 빠져 있었다. 종이접기에 흥미를 잃은 다음엔 줄 없는 연습장에 만화를 그려 넣기 시작했다. 중학생 때 들어간 코스프레 동아리에선 틈만 나면 시장에서 천을 떼 와 옷을 만들었다. 그러다 재미가 없어지면 소설을 써보고, 또 질리면 프라모델을 조립해보기도 하고……. 돌아보면 어린 시절 호기심의 대상은 하나같이 '창작'이었다. 별다른 이유는 없었다. 그저 내 손 안에서 무언가 탄생하는 그 느낌이 좋았을 뿐이다.

장르를 불문하고 한창 창작의 맛을 골고루 시식하던 중이었으니, 영상으로 시선이 옮겨지는 것은 시간문제나 다름없었다. 고등학교에 막 입학했을 때다. 가족 여행 때나 쓰던 캠코더를 집에서 몰래 가져와서, 기숙사 친구들을 데리고 즉흥적으로 짧은 단편영화를 만들었다. 말도 안 되는 줄거리에 조악한 연출이었지만 어디에 출품할 목적이 아니었으니 그저 재밌기만 하면 그만이었다. 내 이름 '신혁'의 이니셜을 따라서 엔딩 크레디트에 들어갈 그럴듯한 활동명도 만들었다. 'Project SH'. 이 이름이 모든 것의 시작이 될 줄은 그때는 전혀 알지 못했다(Project SH는 이 책에서도 자주 언급될 이름이다).

그 뒤로도 틈틈이 몇 편의 UCC^{User Created Contents}를 만들었다. 그중 몇 개는 인터넷에 시험 삼아 올려보기도 했다. '반 친구들 말고 다른 사람들이 보면 신기하겠네' 정도의 마음이었지 별다른 기대는 없었다. 그런데 어느 날 대박이 터졌다. 올렸던 영상 중 인터넷 강의를 패러디한 코미디물이 하나 있었는데, 이게 예상치 못한 인기를 끌어 당시 유명했던 포털 사이트의 메인 화면에 걸린 것이다. 그 후 올린 영상들도 운이 좋게 연달아 화제가 되었고, Project SH는 그렇게 천천히 웹 비디오의 세상에 발을 들여놓기 시작했다.

당시엔 '크리에이터'라는 단어가 널리 쓰이지 않았다. 유튜브가 존재하긴 했지만 한국에서는 아직 네이트와 같은 포털 사이트의 동영상 섹션이 더 유명했던 때라, 내게 붙여진 수식어도 기껏해야 'UCC 스타'나 '영상 잘 만드는 애' 정도였다.

대중의 시선도 지금과 달랐고 창작자로서 꿈꿀 수 있는 일도 많지 않았다. 영상 창작자들이 활동하는 영역이 현저히 적었던 만큼 뛰어놀 수 있는 무대는 작았지만 그래도 충분히 즐거웠다. 내가 만든 이야기에 사람들이 반응해준다는 게 신기했고, 다른 창작자들의 개성이 듬뿍 담긴 영상에 놀라워했다. 끊임없이 누군가에게 영향을 주는 동시에 영감을 받는 느낌은 송출되는 영상을 받아들이기만 하면 되는 영화나 텔레비전 프로그램을 보던 때와는 확연히 다른 감각이었다.

"마치 캠프파이어 같습니다."

열아홉 살, 인생 첫 강연에서 이런 말을 꺼냈다. 잘 만든 영상 하나에 사람들이 모여들어 생각을 나누고 서로의 세상을 공유하는 모습이 마치 모닥불에 모인 여행객들 같아서 내뱉은 말이었다. 그러다 다른 영상을 만나면 훌쩍 자리를 옮겨가 또 새로운 이야기를 듣고 말하는 거다. 하루에도 몇 번씩, 시공간을 마음껏 넘나들면서. 그 풍경에 반한 '영상 잘 만드는 애'는 그날 염원을 담아 말했다.

"앞으로 세상을 더 큰 놀라움으로 채워갈 원동력은 지금도 끊임없이 생겨나고 있는 이 '미디어 캠프파이어'가 될 것입니다"라고(이렇게 오그라드는 말을 그땐 어떻게 했을까?).

어쨌든, 첫 영상을 올린 후로 벌써 10여 년이 흘렀고 그사이 크리에이터라는 새 이름표가 생겼다. Project SH의 이신혁은 '티키틱'이라는 팀의 대장이 되었고, 그동안 세상의 많은 것들이 변했다. 이젠 모든 곳에서 모닥불이 피어오르고, 수많은 이들이 그 앞에서 춤을 추고, 노래하고, 조이스틱을 잡고, 요리를 한다. 나 역시 여전히 같은 자리에서 계속 장작을 넣는 중이다. 나의 모닥불에 다가와 새로운 이야기를 전해줄 또 다른 여행객을 기다리면서 말이다.

그렇다. 이 책은 티키틱이라는 모닥불에 대한 이야기다. 부디 즐거운 시간 보내다 가시길!

● CONTENTS ●

1부

스테이지 온

함께,
무대 위로

1장

홀로 또 같이,
새롭게 시작합니다
_신혁

크리에이터로의 시작,
하이스쿨 잼

티키틱의 시작을 이야기하기 위해서는 Project SH 시절 가장 유명했던 작품인 〈하이스쿨 잼High School Jam〉을 잠시 꺼내와야 한다. 〈하이스쿨 잼〉은 따분한 교실 안에서 학교 생활에 지친 학생들이 볼펜을 똑딱이는 소리나 책상을 두드리는 소리, 공책을 넘기는 소리로 음악을 만들기 시작해 잼jam, 즉흥 연주을 펼친다는 내용의 영상이다.

기본적인 반주는 소프트웨어의 힘을 빌려 완성했고, 학교 안에서 들리는 효과음은 마이크를 들고 다니며 직접 녹음했다. 같은 학년의 반을 전부 돌면서 출연할 친구들도 불러 모았다. 방송부나 연극부, 각 반에서 끼가 좀 있다 싶은 아이들을 찾아가 포털 사이트 대문에 올라갈 영상 하나 만들어 보자며 열심히 '영업'을 했다. 내가 다니던 학교는 교내 UCC 경연대회나 그 비슷한 접점조차 없던 평범한 일반계 고등학교였는데, 그래서 영상을 찍는다는 말이 그들의 호기심을 자극했던 모양이다.

2부작으로 완성된 〈하이스쿨 잼〉 시리즈.
2편을 찍을 때는 '1편 덕에 학교 홍보가 되었다'는 이유로
주말에 학교를 통으로 빌릴 수 있었다.

생각보다 빠르게 인원이 채워졌고, 직접 모은 친구들 중에서는 이전까지 말 한 번 나눠본 적 없던 아이들도 있었다. 그들에게 어떤 용기로 다가갈 생각을 했는지 지금에 와서는 잘 기억나지 않지만 나도 모르게 몸이 저절로 움직이고 있었다는 그 느낌만큼은 생생하게 남아 있다.

선생님들의 눈에 띌 정도로 왁자지껄한 판을 벌릴 배짱까지는 없었기 때문에 촬영은 몇 주에 걸쳐 틈틈이, 몰래 진행했다. 보통 점심을 먹고 다음 수업이 시작되기 전 20분 남짓한 시간을 활용했는데, 가끔씩 촬영을 깜빡하고 축구하러 운동장에 나간 친구를 찾아오는 일이 고역이었다. 그렇게 하루에 서너 컷씩을 착실히 쌓아 4분 30초 정도 되는 영상을 만들어냈다.

〈하이스쿨 잼〉은 올린 지 며칠 만에 정말로 포털 사이트 대문에 걸렸다(아이들도 놀랐지만 사실 내가 제일 놀랐다). 신기한 경험은 그 뒤로도 계속 이어졌다. 여러 이름난 방송들에 '평범한 고등학생들의 반란' 같은 주제로 소개되기도 했고, 어느 국제 단편영화제의 초청작으로 선정되어 영화관 스크린에 걸리는 영광을 맛보기도 했다.

만들어진 지 10년이 다 되어가는 작품인데 아직도 '수행평가 과제로 하이스쿨 잼을 패러디하고 싶다'며 배경음악을 요청하는 학생들이 있다. 아직도 사람들의 기억에서 잊히지 않은 이야기구나 싶어 기쁘다.

　재미삼아 시작했던 영상 제작은 지금의 나를 티키틱의 대장으로, 감독이자 크리에이터로 발돋움하게 만들어줬다. 호기심에 발을 디뎠던 산책로가 알고 보니 기나긴 여행길의 초입이었을 줄은 꿈에도 몰랐다. 신기하고, 묘하고, 감사한 일이다.

새 무대를 향해

'크리에이터'라고 하면 늘 새로운 아이디어로 번뜩이며 반짝반짝 빛나는 사람일 거라고 생각하는 분들이 있을지 모르겠다. 아쉽게도 그런 크리에이터를 아직 만나보지 못했다(만났다면 비법을 배웠을 텐데). 대신 어딜 가나 지겹게 들은 말은 하나 있다.

'아, 다음엔 뭘 만들지?'

아마 크리에이터라면 누구도 피해갈 수 없는 고민일 것이다. 당장 주변의 동료들만 봐도 그렇다. 간혹 소재가 떨어졌다며 울상인 친구도 있고, 새로운 콘텐츠를 고민하다가 아침 해를 보는 이들도 부지기수며, 밥을 먹으면서도 출연자 섭외를 위해 통화를 멈추지 않는 친구까지……. 다들 하루 24시간을 쪼개가며 각자의 콘텐츠를 이어갈 고민을 한다. 오랜만에 좀 쉬어야겠다며, (오늘은 진짜!) 생각 없이 그냥 놀자며 일이 없는 날을 겨우 맞춰 만난 서너 명의 동료 크리에이터 친구들이 몇 시간 뒤 그들끼리의 '컬래버'를 기획하느라 머리를 쥐어짜는 모습도 셀 수 없이 목격했다(사실, 그중 반절은 내가 먼저 이야기를 꺼냈다).

한 주에 한 번이 됐든 한 달에 몇 번이 됐든 보통은 주기적으로 얼굴을 드러내는 것이 영상을 봐주는 시청자와의 암묵적인 약속이기 때문에, 크리에이터들의 머릿속은 항상 창작과 기획에 대한 생각으로 꽉 차 있다.

'다음엔 뭘 만들지?'가 크리에이터들의 숙명인 이유는 그 안에 두 가지 의미가 내포되어 있기 때문이다. 첫째로는 꾸준히 영상을 만들어 올려야 한다는 부담감이다. 다음으로는 '더욱 새로운 콘텐츠' '새로운 무대에 대한 욕심'이라 할 수 있다. 크리에이터로서 창작을 이어가다 보면 자연스럽게 규모가 큰 무대를 그려보거나, 색다른 도전을 해보고 싶다는 마음이 들 때가 있다. 더 커진 무대에서 누군가는 온라인을 벗어나 거장이라 불리는 가수와 함께 노래하기도 하고, 또 누군가는 뜻밖의 기회로 이름난 라디오 방송의 진행자가 되기도 한다.

나의 경우도 오랜 기간 막연히 꿈꿔온 무대가 있었다. 그리고 그 무대가 '티키틱'이라는 이름으로 펼쳐지게 되기까지는 제법 많은 일들이 있었다.

고등학생 시절 재미로 시작했던 Project SH를 만든 지 7년이 지났을 무렵이었다. 처음으로 휴식기를 가지고 싶다는 생각이 찾아왔다. 한창 대학생활과 크리에이터 활동을 동시에 하던 때였는데, 낮에는 보고서를 쓰고, 밤에는 시나리오를 쓰고, 남는 시간은 촬영과 편집에 쏟는 일상이 계속되어 몸과 마음에 과부하가 걸린 시점이었다.

어느 날 운명처럼 편지 한 통이 도착했다. 봉투를 열어본 나는 직감했다. 원하든 원하지 않든 머지않아 재충전의 시간이 주어질 것임을. 그것도 '논산 훈련소'에서.

그래, 군복무라 쓰고 '안식년'이라 읽겠다. 아직도 이때의 이야기를 꺼내면 군복무가 무슨 휴식이냐며 웃는 지인들이 많지만, 내게는 창작의 부담을 잠시 내려놓은 채 마음 놓고 Project SH를 뜯어보고, 점검하고, 손질할 수 있는 절호의 기회였다. 군대에 있는 동안 그간 활동하며 고쳐야겠다고 생각했던 점들과 앞으로의 성장을 위해 필요한 점들을 쭉 나열하고, 그 해결방안을 하나씩 천천히 찾아가기 시작했다.

수많은 생각을 거듭하며 두 가지 숙제를 풀어야 한다는 답이 나왔다. 바로 채널의 '이름'과 '운영 방식'이었다. Project SH로 활동하며 이름이 어렵다는 이야기를 여러 차례 들었다. 다소 길고 복잡한 명칭 덕분에 종종 'SH 프로젝트'나 '프로덕션 SH'로 불린 적도 있었다. 나조차도 방송이나 강연에서 발음을 애매하게 틀리는 실수를 저지르기도 했으니 그럴 때면 채널명을 처음 만든 열일곱의 나 자신을 원망하곤 했다.

오랫동안 정든 이름을 바꿀 결심이 결코 쉽게 들었던 것은 아니지만, 결국 내가 가진 색을 더 선명하게 드러내줄 새 이름이 필요하다는 사실을 마주하기로 했다.

운영 방식에 대한 고민은 자연스러운 수순이었다. Project SH는 거의 혼자 힘으로 운영되던 채널이었다. 지금도 티키틱에서 도맡고 있는 연출이나 작곡, 편집은 처음부터 혼자 해결해왔던 것이니 사실 크게 어려운 일은 아니었다. Project SH로 경험이 쌓이면서 자연스럽게 촬영에 필요한 다른 기술들도 익혀나가고는 있었다. 하지만 이 모든 역할을 늘 혼자서 해내기엔 시간과 체력의 소모가 너무 컸기 때문에 거의 매번 다른 사람들의 손을 빌려 제작을 진행해야 했다. 당시엔 필요한 분야의 스태프를 그때그때 객원 멤버처럼 모시는 방법을 선택했는데, 가끔 서로 합이 잘 맞는 팀이 꾸려질 때면 놀라운 시너지를 발휘해 만족스러운 결과물로 이어지는 경험을 했다. 잘 짜인 합이 가져다주는 효율성과 즐거움은, 확실히 혼자서는 좀처럼 겪기 힘든, 팀만의 장점이었다.

사실 전부터 팀을 만들고 싶다는 꿈이 있었고, 어떤 팀을 만들고 싶은지 구상도 해보았지만 그전에 학업과 군복무를 마쳐야겠다는 생각이 들었다. 둘 중 하나는 깔끔하게 끝마쳐야 크리에이터로서의 삶과 팀 리더로서의 역할에 온전히 집중할 수 있을 것 같았다. 시간이 흐르고 내게 남은 두 숙제가 끝나갈 무렵, '이제는 할 수 있다'는 확신이 들었다. 새 이름으로 출발할 결심이 섰으니, 팀으로의 변신을 꾀할 절호의 기회였다. 그렇게 새로운 무대의 첫 설계도를 그려나가기 시작했다.

팀으로 활동하는 크리에이터에는 여러 유형이 있다. 미국의 '윙푸 프로덕션Wong Fu Production'이나 일본의 '구스 하우스Goose House'처럼 애초부터 팀 채널로 시작해 유명세를 얻은 이들도 있고, 혼자 활동하는 것처럼 보이지만 사실은 제작에 힘을 실어줄 편집자나 스태프를 별도로 섭외해 팀의 형태를 띠고 있는 채널도 많다.

수많은 팀의 유형을 보며 고민에 빠졌다. 그렇다면 나의 팀은?

밴드가 되자

'Project SH가 팀이 된다'라. 최우선 목표는 결국 양질의 초단편영화를 꾸준히 만드는 팀이 되는 것이었지만 그것만으로는 부족했다. 아무리 굳게 변신을 결심한들 나의 주 무대는 결국 인터넷이 될 터였다. 매일 쏟아지는 콘텐츠의 파도 속에서 사람들에게 잊히지 않고 단단히 제 자리를 지키는 크리에이터가 되려면, 작품뿐 아니라 창작자 역시 동등한 존재감을 가질 수 있게끔 브랜딩하는 것이 중요했다.

사실 Project SH 때는 그저 잘 만든 영상 한 편을 올리는 데 집중하느라 제작자인 '나'를 강조하지 못한 때가 많았다. 그러다 보니 채널을 찾는 이들 중 비非구독자의 비율이 구독자보다 월등히 높아지는 부작용이 나타났다(보통은 구독자와 비구독자의 비율이 적절히 섞인 것이 이상적인 모습이다).

이는 크리에이터인 나의 활동을 지켜보기보다 한때 유명했던 영상을 다시 찾아보려고 온 이들이 더 많다는 의미였고, 쉽게 말하면 종종 히트는 쳤으나 '단골'을 만들지는 못했다는 뜻이었다.

앞으로도 오래 생명을 유지하는 크리에이터가 되려면 우선 '베일에 싸인 제작자'라는 인상부터 벗어던져야 했다. 이제 와서 슬쩍 고백하지만 몇 년을 활동했는데 길을 걷다가 우연히 알아보는 사람을 열 손가락 안에 꼽을 수 있다는 건 뭔가 서글픈 일이었다. 그놈의 신비주의, 이제는 정말, 그만두고 싶었다.

새 출발의 주된 목적은 창작이었지만 그 안에서 선택할 수 있는 팀의 이미지는 다양했다. 먼저 상업 영상을 다루는 현장에서 자주 볼 수 있는 '프로덕션' 식 팀을 떠올렸다. 하지만 또다시 원치 않는 신비주의가 생길 우려가 있었다. 감독의 존재감이 강한 '아무개 사단' 형태도 고민했다. 그렇지만 팀원 모두가 자신의 모습을 드러내는, 공동으로 운영하게 될 채널에는 적합한 그림이 아닐 것 같았다. 수많은 고민을 거치던 중, 의외의 곳에서 답이 나타났다.

'밴드를 만들자.'

영상이 아닌 음악으로 눈을 돌려서 찾은 팀의 유형이었다. 지금까지 좋아했던 밴드들을 차례로 떠올려보니 이들은 대부분 몇 가지 공통점을 가지고 있었다. 군더더기 없는 인원 구성에, 모든 멤버가 확실하고 전문적인 역할을 맡고 있다는 것. 그러면서도 서로의 역할을 잘 이해하고, 멤버와 그들의 노래가 모두 사랑받고, 모든 구성원이 한 무대에 올라 동일한 조명을 받는다는 것.

뒤이어 왼손에는 악기를, 오른손에는 카메라를 든 밴드의 모습을 상상했다. 연출, 연기, 디자인, 촬영이라는 각 분야의 감독들이 한데 뭉쳐 이야기를 만들고, 그 이야기와 함께 본인들도 모두 창작자로서 사람들의 기억에 오래 남을 수 있다면 더없이 즐거울 것 같았다. 그래, 밴드가 되자. 그러려면 우선 영상이라는 무대 위에 설 밴드 멤버들을 찾아야 했다.

드림 팀 모으기

    가장 먼저 필요하다고 생각했던 건 촬영 현장에 필요한 전반적인 기술을 책임질 수 있는 사람이었다. 상업 촬영 현장에는 연출부, 촬영부, 조명부 등의 팀이 나뉘어 있어 각 분야의 장들이 현장을 지휘하지만, 개인 단위인 데다 빠른 주기로 촬영을 거듭해야 하는 크리에이터의 특성상 매번 많은 인력을 대동하는 것이 현실적으로 쉽지 않았다. 그래서 상황에 따라 조명부터 조연출까지 다양한 역할을 능숙하게 소화할 멀티맨multi-man이 있었으면 했다. '그런 사람이 주변에 있긴 할까?' 하는 순간, 한 사람이 주마등처럼 머릿속을 스쳐갔다. 그는 심지어 아주 가까운 곳에 있었다.

    '추추'는 서로가 고등학생이었을 때부터 연을 이어온 사이다(추지웅이라는 본명이 있지만 그건 별로 중요하지 않다. 그는 어딜 가든 늘 추추로 불렸으니까). 당시 자주 들르던 한 UCC 커뮤니티 사이트에서 그를 처음 만났는데, 촬영 현장에서의 경험이 많은 사람이라 Project SH 시절에도 꾸준히 많은 도움을 받았다. 그의 트레이드마크인 굵은 송충이 눈썹은 종종 그가 무슨 말을 해도 왠지 모르게 믿음직스럽게 보이는 착시현상까지 불러일으켰다.

팀에 대한 이야기를 처음 꺼냈을 때 추추는 다니던 예술대학을 막 졸업해 진로를 고민하던 상황이었다. 쌓은 경험이 있으니 자연스럽게 상업 촬영 현장에서 일해야겠다는 생각이 있었지만, 마음 한편에서는 '직접 이야기를 기획하고, 만들고 싶다'는 욕심이 떠나지 않는다고 했다. 결국 추추는 팀을 제안한 그 자리에서 곧바로 합류를 결심했다. 나중에 들은 이야기인데, 그때 손을 내밀지 않았으면 지금쯤 본인이 뭐라도 하나 차렸을 거란다.

추추가 능력만큼이나 잠도 많다는 것을 알게 된 건 그 이후의 일이다. 조금이라도 편한 곳에 머리만 누였다 하면 10초 이내로 잠드는 그의 '초능력'을 처음 목격했을 때는 멤버 모두가 경악을 금치 못했다. 촬영 도중 배우들의 메이크업을 수정하는 그 잠깐의 시간에도 코를 골 정도니 말 다했다. 본인에 따르면 사는 곳을 지나쳐가는 버스들의 종점을 모두 알고 있을 정도라고 한다. 덕분에 늘 자유로운 분위기로 진행되는 티키틱 회의에서 유일하게 눕는 것이 허용되지 않는 멤버가 추추다. 회의하면서 밥을 시켜 먹는 것도 허용되고 갑자기 팔굽혀펴기를 해도 문제없지만, 추추는 절대 누우면 안 된다.

디자이너도 팀에서 없어서는 안 될 멤버였다. 영상에 퀄리티를 더하는 것은 물론이고, 채널을 하나의 브랜드로 보이도록 하기 위해서는 디자인의 힘이 더없이 크다고 판단했다. 결국 콘텐츠가 '맞는 옷'을 입었는지 끊임없이 점검하고 수선할 사람이 필요했고, 그때 떠오른 사람은 '은택'이었다.

합류를 제안할 당시 은택은 이미 개인 채널을 가진 크리에이터이자 디자이너였다. 당시 내 영상에 노래가 가득했다면, 은택이의 영상엔 늘 그림과 그래픽이 가득했기 때문에 랜선을 통해 새로운 자극을 받았다. 그때 은택이는 본인의 채널을 운영하면서도 인터넷방송 플랫폼에서 창작자들을 관리하는 모 MCN 회사의 PD로 일하고 있었는데, 이는 자신의 능력 이상의 결과물을 만들어보고 싶다는 마음과, 크리에이터를 전업으로 삼는 것이 마냥 쉬운 일이 아니라는 생각이 합쳐진 현실적인 선택이었다고 한다. 그랬던 그도 결국에는 팀에 합류하겠다는 결정을 내렸다. 무엇보다 섭외하려는 멤버들의 이름을 넌지시 들려주자 변하던 그 눈빛에 담긴 '덕심'은 아직도 잊혀지지 않는다(은택은 예전부터 티키틱 멤버 모두의 덕후였다).

은택이는 팀에서 제일 막내다. 멤버 중에서 제일 순하고 성실한 데다 호기심도 많아서 만화에서 튀어나온 '막내 캐릭터'의 표본을 보는 기분이 들 때가 있다. 설령 티키틱에 다른 막내가 있었다고 해도 여전히 가장 막내 같았을 친구다. 그렇다고 평소 다른 멤버들에게 휩쓸리거나 하는 것은 또 아니다. 장난기도 많아서 형들 놀려먹는 데에는 도사다. 오죽하면 은택이가 웃음 뒤에 검은 속내를 감추고 있다는 줄거리로 영상 한 편을 따로 만들었을 정도다.

추추와 은택 이후 멤버 찾기는 어느덧 마지막 단계에 이르렀다. 밴드에 메인 보컬이 있다면, '영상 하는 밴드'에는 메인 배우가 있어야 했다. 그것도 수없이 만나게 될 주조연들 사이에서 무대를 안정적으로 이끌어갈 호스트host격 인물이. 사실 이때는 정말이지 고민할 필요조차 없었다. 이미 예전부터 (혼자 멋대로) 점찍어둔 이가 있었으니까. 1세대 UCC계의 황태자, 정극과 코미디를 자유롭게 넘나드는 연기력의 소유자, 냉정하게 말해 춤은 잘 모르겠지만 그 외의 모든 것을 가진 천재, 그 이름도 찬란한 '오세진'. 그가 혼자서 대배우가 되어버리기 전에 얼른 낚아채 오자(?)는 원대한 꿈은 예전부터 쭉 꾸었던 것이었다.

하지만 모든 일이 순탄할 수는 없는 법. 그 무렵의 세진 형도 누구보다 열심히 현실과 싸우던 중이었다. 세상이 말하는 '성공한 배우'에 도달하는 길은 멀게만 느껴지는데, 언제까지가 될지 모를 그 과정에서 가족을 포함한 주변 이들에게 피해를 끼치고 싶지는 않았단다. 배우의 꿈과 삶을 함께 이어가야 했던 세진 형은 광고 회사에 입사해 연기 대신 편집을 하며 밤낮없이 일하고 있었다. 1년에 150개가 넘는 영상을 만들어냈다고 들었다. 그런 그에게 대뜸 찾아가 같이 팀을 만들자고 했으니 얼마나 당황스러웠을까.

광고 회사와 새로운 팀, 두 가지 선택지를 앞에 둔 세진 형도 결국 '팀'을 택했다. "걱정하지 말고 하고 싶었던 걸 꼭 다시 해보면 좋겠다"라는 아버지의 말에 큰 힘을 얻었다고 했다. '그 누구의 조언보다 든든하지 않았을까' 하고 감히 생각해본다.

세진 형 덕분에 지금까지의 모든 촬영장에는 웃음이 가득했다. 어렸을 때는 코미디언이 꿈이었다고 하던데, 그래서인지 가끔 작정하고 농담을 날리면 모두 바닥을 뒹굴며 웃느라 촬영장이 마비되기도 한다. 듬직…… 하지는 않지만 그래도 누구보다 든든한 맏형이다.

서로 직업도, 주어진 상황도 달랐지만, 팀에 대한 이야기를 꺼냈을 때 다들 별다른 계산이나 고민 없이 선뜻 팀에 합류하겠다고 답해주었다. 신기하고 고마운 일이다. 각자의 삶을 살던 우리가 하나의 공동체로 묶이게 됐다. 이 일이 가능할 수 있었던 이유는 결국 '내 손으로 이야기를 만들고 싶다'는 순수한 열망이 모두에게 빠짐없이 존재했기 때문일 것이다. 며칠 밤을 새우더라도 완성된 작품을 보고 웃음이 나올 때나, '이번에도 잘 봤다'는 시청자의 화답을 들을 때면 찾아오는 깊고 짙은 느낌. 그 감각을 함께 느낄 수 있다면, 우리는 그걸로 충분했다.

새 이름을 정하자

네 사람이 모이기까지는 순식간이었지만, 팀의 새로운 이름을 정하는 데에는 네다섯 달 정도의 시간을 쏟았다. 예전 활동명에서 느꼈던 애로사항이 많았던 만큼 새 이름을 짓는 일의 부담이 적지 않았기 때문이다. 멤버 모두에게 처음으로 주어진 과제이기도 해서, 모두 잔뜩 긴장한 것도 한몫을 했다.

새 이름에는 꼭 적용되었으면 하는 몇 가지 조건이 있었다. 첫째, 채널의 색깔과 일맥상통하는 이름일 것. 둘째, 영어로 적거나 번역해도 큰 어색함이 없을 것. 셋째, 그렇다고 너무 가벼운 이름은 피할 것.

멤버 모두가 머리를 쥐어짜기 시작했다. 이름을 지을 수 있는 온갖 방법을 다 써본 것 같다. 어디서 본 건 많아서 단어 몇 개를 합성해 새 단어를 만들어보려고도 했고, '사파리'나 '스노우' 같은 브랜드가 그랬듯 이미 있는 영어단어에서 출발해볼까 생각도 했다. 이때 나왔던 재밌는 후보들을 몇 가지 소개해본다.

- **잼버튼**Jam Button: Project SH 때의 작품인 〈하이스쿨 잼〉에서 착안. '버튼을 눌러 잼을 시작하세요' 같은 의미였지만, 어감이 크게 끌리지 않아 탈락했다.
- **모멘티켓**MomenTicket: 순간moment과 티켓ticket을 합쳤다. '매 순간을 무대처럼'이라는 의미를 담았지만, 이 역시 정감이 가지 않아 탈락했다.
- **신은세지**: 신혁, 은택, 세진, 지웅, 멤버들 이름의 앞 글자를 딴 간단한 이름. 하지만 영어로 번역하면 'God is strong신은 세지'이라는 의미심장한 문장이 되어서 탈락. 같은 방법으로 나온 이름 중에서는 '택신 추오Taxi is cold'도 있었다.
- **허니머스터드**Honey Mustard: 누군가 아무 생각 없이 옆에 있던 소스 이름을 댔다. 대체 왜?

이 밖에 나왔던 다른 후보 중에서 '프롬 더 틱From the Tick'이라는 이름이 있었다. 어감에 집중했을 뿐이라 문법은 크게 신경 쓰지 않았다. '틱tick'은 시계가 똑딱똑딱, 틱, 톡, 할 때의 소리에서 가져왔는데, 일상에서 들리는 생활적인 소음이라는 점에서 착안해 '모든 이야기는 틱, 틱, 하는 작은 소리에서 시작된다'는 뜻을 담은 이름이었다. 이는 일상적인 소재를 주로 다뤘던 Project SH 작품들의 특징이기도 했다.

무엇보다 '틱'이라는 단어의 어감이 재미있어서 마음에 들었다. 첫 뮤지컬 영상이었던 〈하이스쿨 잼〉의 시작을 열었던 것도 볼펜을 딸깍이는 작고 사소한 소리였기에 초심을 다지기에도 제격일 것 같았다. 하지만 '프롬 더 틱'보다는 한 번에 와닿으면서 개성 있는 이름이 필요했다. 깊게 생각하지 않고 가볍게 읊조려 보았다. 틱, 틱, 티키…… 티키틱!

'티키틱TIKITIK'. 사소함에서 이야기를 시작한다는 의미를 그대로 유지하면서도 한 번 듣고 기억에 남을 만큼 입에 착 붙는, 충분히 개성 있는 이름이었다. 드디어 마음에 드는 이름을 찾았으니, 출발은 성공적이었다.

팀의 정체성과 목표도 이 무렵부터 천천히 선명해지기 시작했다. Project SH가 지녔던 고유한 색깔에 다른 멤버들의 강한 개성을 더했을 때 생기는 새로운 정체성이 중구난방 하지 않으려면 그만큼 확실한 뿌리가 되는 목표를 서로 나눠야 했다. 그렇게 해서, 브랜드로 치자면 '미션mission'에 해당하는, 티키틱의 창작 1원칙이 만들어졌다.

사람들이 그들의 하루를 바라보는 시선을
더욱 즐겁게 변화시키자.

창작 원칙의 방점은 '하루'와 '즐겁게'라는 두 군데에 찍혔다. '하루'는 말 그대로 모든 이야기가 시작되는 일상을 뜻했다. '어떤 주제로 이야기를 전달하든 늘 그 배경은 우리가 살아가는 일상 속 어느 순간이 되게 하자'는 약속을 담았다. '즐겁게'는 우리만의 두 가지 방법으로 실현해내기로 했다. 기승전결이 담긴 극 형식의 영상과 많은 사람이 함께 리듬을 타거나 흥얼거릴 수 있는, 즉, 공명共鳴할 수 있는 음악이 그 방법이었다.

우리의 이야기가 시작되는 곳과 그 방식을 담은 이 창작 원칙은 훗날 티키틱의 출발을 알리는 첫 티저 영상에서 한마디의 슬로건으로 요약되었다. '오늘이 무대!'

프로젝트 겨울잠

새 출발을 위한 전략이 어느 정도 갖춰졌을 때쯤, 멤버들도 본격적으로 마음의 준비운동에 들어갔다. 전역을 앞둔 군인과 광고회사 직원, PD와 취준생이 모두 한날한시에 카메라 앞에 서는 크리에이터가 되어야 했기 때문에, 각자 최대한 여러 측면에서의 각오와 준비가 필요했다. 앞으로 겪게 될 경험과 고민은 대부분 이전과는 전혀 다른 성격일 것이 분명했으니까 말이다.

그 무렵 멤버들에게 입이 닳도록 잔소리를 했던 기억이 난다. "말조심, 행동 조심, 건강 조심. 언제든 카메라 앞에 설 수 있다 생각하면서 마음 단단히 먹고⋯⋯."

게다가 현실에 대한 각오 역시 만만치 않게 다져놔야 했다. 우리는 티키틱의 출발과 함께 모두 크리에이터를 전업으로 삼기로 결심했다. 각자 하던 일을 병행하면서 느리지만 안전한 출발을 할 수도 있었지만, 그런 방법은 채널의 성장과 우리의 의지 모두에 절대로 좋은 선택이 될 것 같지 않았다.

그렇다면 채널이 어느 정도 궤도에 오를 때까지 배고픈 삶이

기약 없이 이어질 터였다. 이를 견디기 위한 각자의 현실적인 대비책 역시 생각해두어야 했다. 우리는 그 고민을 '프로젝트 겨울잠'이라고 불렀다(최대한 모아놓은 후, 최대한 아낀다!). 그래서 한동안은 군복무 중이었던 나를 제외한 모두가 정말 바쁘게 몸을 움직였다. 아마 각자 이미 하던 일의 양을 몇 곱절씩 늘렸을 거다. 추추의 경우엔 하루만 뛰어도 녹초가 되는 고된 촬영 현장 일을 한 달에 스무 번 이상 나간 적도 있단다.

　나름의 철저한 준비들을 했음에도 티키틱을 시작하고 어느 순간에는 정말로 위기가 올 뻔했다. 하지만 오랜 기간 서로를 다독이며 준비해왔던 덕분인지 결국 모두 잘 극복해냈다. 그 이후로 지금까지 같은 고민을 하는 일이 없었던 것이 다행이다. 힘든 시기를 무사히 견뎌준 멤버들에게 늘 미안하고 고맙다.

인터넷이라는
공간에서
연기합니다_세진

못 만나는 얼굴

티키틱으로 활동한 이후로 벌써 몇 년이 흘렀지만 여전히 자주 듣게 되는 질문이 있다.

"배우님은 왜 텔레비전이나 영화에는 출연 안 하세요?"

지금까지는 이 질문을 들으면 컨디션에 따라 다른 답변을 내놓거나 침묵했다. 할 말이 많은데, 동시에 아무 할 말도 없기 때문이다. 이 질문을 들으면 나 또한 몇 가지 질문들이 떠오른다.

"과연 '안' 하는 걸까요? 이미 우리 모두 그 이유를 알고 있지는 않나요?"

눈으로는 울고 입으로는 웃으며 이렇게 되묻고 싶다. 마치 마음만 먹으면 스크린과 브라운관을 종횡무진 누빌 수 있는 사람인데 어떤 거룩한 의도가 있어 일부러 그렇게 하지 않는 양 답해보고도 싶다. 대중매체는 이미 자본주의에 매몰되어 고유의 예술성을 잃었다는 식으로 멋을 부려보고도 싶지만 누가 들어도 명백한 거짓부렁이다. '안' 하는 게 아니라 '못' 하는 게 맞다.

"하하. 요즘은 QLED 8K 시대잖아요. 브라운관은 종횡무진 못하죠. 옛날 거니까. 하하."

이런 식의 '못' 한 게 아니라, 실은 하고 싶어 했고 시도했으나 결국 도달하지 못한, 그 '못' 함이 맞다. 사실상 20대 중반까지 꿈을 위해 할 수 있는 건 다 해봤다. 오디션도 보고, 연예기획사 미팅도 다니고, 전체 내용을 알려주지 않는 단편영화에도 수십 편씩 지원서를 냈다. 방송이라면 출연료를 안 받고도 많이 출연했다. 유명해지고 싶어서 인터넷에 립싱크 영상이나 단편영화를 직접 찍어 올리기도 했다. 그럼에도 이루지 못한 짝사랑을 이제 와서 있어 보이는 척 이래서 안 했느니 저래서 안 했느니 할 필요는 없다.

과거 인터넷에 립싱크 영상을 올리던 시절, 함께 연기자의 꿈을 꾸던 친구들과 형들은 내게 이런 질문을 많이 했다.

"너는 배우 한다는 놈이 정극을 해야지, 왜 인터넷에서 그러고 있냐?"

'형은 농구 잘하면서 왜 NBA로 안 가고 도림천에서만 놀고 있냐'고 되묻고 싶었지만 그렇게 하지 않았다. 그랬기에 아직까지 그들과의 좋은 관계도, 내 치아도 모두 유지할 수 있었다.

사실 종종 듣는 이 두 질문은 텔레비전과 영화 등의 주류 무대에서 왜 활동하려 하지 않느냐는, 똑같은 의미의 질문이다. 단 하나, '배우 한다는 놈'과 '배우님'의 차이뿐. 그 지점에서 나는 또 궁금한 것이 생긴다.

'인터넷에만 출연하는 놈인데 배우로 쳐주시나요?'

기사님한테도 자격증이 있고 셰프님한테도 자격증이 있는데 배우님한테는 자격증이 없다. 과거 그 호칭으로 불릴 자격을 얻기 위해 무던히도 애썼던 내게, 지금에 와서 그 호칭은 오히려 고개를 못 들 만큼 부끄럽고 무거우며 간지러운 표현이다. 여전히 주류가 아닌 무대에서, 여전히 자격을 갖추지 못한 내게, 처음의 질문은 그래서 참 과분하다. 그리고 오늘 역시 오늘의 컨디션대로 답변을 내놓아볼까 한다. 대신 이번에는 억지로 늘리지도 줄이지도 않기 위해 되지도 않는 은유를 좀 섞어보았다.

오랫동안 짝사랑해온 아이가 나를 쳐다봐주지 않는다고 해서 다른 반에 그 아이 욕을 하고 다니는 것만큼 찌질한 게 없다. 그 아이가 아니더라도 좋은 사람은 많고, 그런 사람을 만날 기회도 많다. 나는 지금 나와 딱 맞는 사람을 만나 최선을 다하고 있다. '배우님'이라는 간지러운 호칭으로 불리고 있고, 그럴 자격이 있는 사람이 되기 위해 더더욱 함께 좋은 시간을 보내고 있다. 이 와중에 만약, 아주 적은 확률이지만 예전에 짝사랑하던 아이가 내게 관심을 보인다고 해도 힘들게 손에 쥔 행복을 버려가면서까지 이 친구 곁을 떠나지는 않을 거다. 이건 정확하게 '못'이 아니라 '안'이 맞다.

진짜로 왜 늦었냐면요

    티키틱 채널의 공식적인 첫 영상, 〈제가 왜 늦었냐면요〉가 올라온 후 주변 지인들로부터 수많은 연락을 받았다. 나와 만난 지 오래된 이들은 '살 많이 쪘더라', 자주 보던 이들은 '살 많이 빠졌더라'고 말했다. 다양한 반응이었지만, 대부분은 내가 다시 활동을 시작한다는 데 대한 축하의 의미가 담긴 연락이었다. 그중에서도 가장 인상 깊은 말이 있었다.

    "축하파티라도 해야 하는 거 아니야?"

    운 좋게도 〈제가 왜 늦었냐면요〉는 현재 1,200만이 넘는 조회 수를 기록했지만, 이 말을 들은 건 아직 조회 수가 10만도 되지 않았던 때였다. 물론 당시에는 10만이라는 조회 수도 충분히 큰 숫자였지만, 이 영상이 그 이상으로 성공할 거라는 보장은 없었다. '내가 이 영상으로 청룡영화제 남우주연상을 수상한 것도 아닌데 대체 무엇을 위한 파티를 연다는 말인가.' 아무 실감을 못하고 있는 나보다도 더 신이 나서는, 자꾸만 축하파티를 열자던 전화기 너머 술 취한 그 목소리가 아직도 귀에 아른거린다. 솔직히

044

말하면 눈물이 찔끔 나왔다. 그동안 내가 겪어온 상황과 고민들을 너무 잘 알기에 그런 말을 꺼내준 걸 알고 있었기 때문이다.

꿈을 포기했을 때 겪게 되는 몇 가지 증상이 있다. 슬픔과 아쉬움으로 시작되는, 너무나도 예상 가능한 그 감정은 시간이 지날수록 변화무쌍한 모습을 보여준다. 잘은 모르지만, 아마도 미련을 감추기 위해 뇌가 스스로를 속이는 것은 아닌가 하는 생각이 들 정도로 추한 모습이다. '그래, 영화는 눈으로 보라고 있는 거야, 직접 출연하라고 있는 게 아니라!' 같은 소리를 하면서 정신승리를 시도하지만, 자꾸만 튀어나오는 미련 때문에 막상 눈으로 보는 일조차 멀리하게 되는 식이다.

그러다 보면 내가 선택할 수밖에 없었던 다른 길 안에서 그 꿈의 조각을 찾아내려 한다. 사람마다 다를 수 있지만 적어도 나는 그랬다. 택배 상하차와 에어컨 실외기 설치 아르바이트를 하던 시절이었다. '여기서의 경험을 토대로 영감을 받아서 언젠가 연기에 써먹을 수 있지 않을까' 하는 생각을 했었다. 미련이 없다면 당연히 기약 또한 없었어야 할 그 '언젠가'를 꿈꾸고 있었던 것이다.

꿈을 포기하면서, 나의 경우에는 최종적으로 이런 선택을 했다. 연기는 깔끔하게 포기하고, 대신에 영상을 만드는 회사에 들어가기로 말이다. '연기자 따위나 꿈꾸는 딴따라들, 내 안정적인 월급을 보고 배나 실컷 아프라지!' 같은 삐뚤어진 마음도 있었다.

하지만 월급은 그다지 안정적인 편이 아니었으며 나는 중간중간 Project SH에서 섭외가 들어오면 '콜!' 하고 기꺼이 출연했다. 꿈을 포기했다고 생각했으면서도 감정은 이토록 변화무쌍하다.

인터넷 광고를 연출하고 편집하는 일은 나름대로 재미있었다. 다만 단 한 가지 단점은 내가 꿈꾸던 그 일을 어떻게든 하고 있는 사람들을 직접적으로 마주하게 된다는 점이었다. 이때부터 나의 뇌는 미련을 감출지 말지 갈피를 못 잡기 시작했다. 내가 연출을 맡은 광고에서 제작비가 충분히 주어지지 않을 때면 자발적으로 엑스트라를 자처했는데, 크게 넘어지거나 케이크에 얼굴을 파묻는 뒷모습을 대타로 촬영할 때면 '출연료가 많이 드는 장면을 내가 공짜로 할 수 있어서 다행이다'라고 생각했다. 한때나마 누구보다 진심이었던 내 꿈을 제일 먼저 나서서 짓밟고 있었던 건 다름 아닌 나 자신이었다.

영상을 만드는 밴드가 되자는 신혁이의 제의를 받은 것은 이때쯤이었다. 내 상황을 이미 알고 있던 신혁이는 앞으로의 모든 계획을 설명해주었고, 나는 이 팀의 합류를 거절할 이유가 없다. 꿈을 포기하게 된 이유 중 하나가 바로 '팀'이 없어서였기 때문이었다.

나는 고등학생일 때부터 단편영화나 시트콤 등을 만들어 인터넷에 올리곤 했다. 단지 함께하는 게 재미있다는 이유 하나로 영상 속에서 때로는 배우로, 때로는 스태프로 고생해준 친구들은 시간이 흘러 자연스럽게 각자의 삶과 목표를 향해 흩어졌고, 나 또한 언제까지나 재미 하나로 그들이 영상 활동에 시간을 투자하도록 붙잡아둘 수 없었다. 그렇다고 팀을 꾸려 팀원들 모두가 오롯이 영상에만 집중할 수 있게 해줄 만큼 명확한 수익 모델이 있지도 않은 상태였고, 설사 그 모든 것들을 감내하고서라도 반드시 나와 함께하고 싶도록 만들 만큼의 실력도, 리더십도 없었다.

하지만 신혁이는 달랐다. 어려서부터 친구들과 함께 영상을 제작해온 공통점이 있는 신혁이도 어쩌면 나와 비슷한 고민을 했을 테지만, 나는 그런 문제들을 극복하지 못했고, 신혁이는 본인이 가진 능력과 리더십으로 새로운 프로젝트를 기획하며 팀을 꾸리려 하고 있었다.

신혁이의 제안을 받고 다시 일상으로 돌아온 후 마음속에 이전과는 확실히 다른 무언가가 크게 자리 잡았음을 느꼈다. 아무리 힘든 촬영을 하고 밤새 편집을 해도 마냥 기쁘고 즐거운 나날이었으며, 누구를 만나든 아직 이름도 정해지지 않은 우리 팀을 자랑하고 싶어 죽겠는 나날들이었다. 사실상 축하파티는 이때부터 이미 시작되었다. 그래서 첫 영상이 올라온 이후 전화를 걸어준 이에게는 너무나 고마운 말이지만 나는 축하파티가 따로 필요 없다.

다시 꿈꾸게 된 나의 뇌는 티키틱 활동 직전 회사를 그만두며 다시 한 번 제어를 잃었다. 이번에는 조금 다른 방향이었다.

'직장인들, 내 불규칙한 수입을 보고 배나 실컷 아프라지!'

한동안은 진짜로 불규칙했으니 이를 쉽게 따라 하는 분은 없기를 바란다. 아무도 배 아파하지 않았고, 나만 혼자서 배고파했다. 그래도 마냥 행복했고, 다행히도 그 시간이 오래가지는 않았을 뿐이다. 의사 혹은 변호사 자격증을 따지 않은(정확히는 못한) 것이 다행이라고 생각되었다. 꿈을 버리는 대신 호화로운 삶을 영위할 수 있다면, 그건 정말 고민이 되었을 테니까 말이다. 하지만 의사 자격증을 따지 않은 나는 어떤 선택을 해도 비슷할 것이었기 때문에 주저하지 않기로 했다.

늘 꿈 근처 어디쯤에서 서성였다고 생각했는데, 딱 여기까지 오는 것도 생각보다 긴 시간이 걸렸고, 짐작보다 먼 길을 돌아 도착했다. 〈제가 왜 늦었냐면요〉의 클라이맥스 대사 속에 등장하는 공룡, 외계인, 크라켄은 없었지만 어쩌다 보니 그렇게 되었다. 동물원에서 탈출한 코끼리가 내 앞을 가로막은들 어떠하며, 좀비가 쫓아온들 어떠하리. 조금 늦더라도, 도착하면 되는 거다.

쉽게 만나는 얼굴

　일상에서 마주치는 기분 좋은 순간들이 있다. 지하철에 타자마자 내 앞에 앉아있던 사람이 내린다든지, 오동통한 라면에 다시마가 두 개 들어있다든지 하는 순간들 말이다. 내게는 한 가지가 더 있다. 절친한 친구가 세상 해맑은 얼굴로 "친구한테 티키틱 아냐고 물었더니 안다고 하더라"라며 반가워할 때다. 그는 이미 채널을 구독했다는 사람에게 구독 버튼 누르라며 신신당부를 했다고 너스레를 떨었다(조심해달라, 구독 버튼은 두 번 누르면 구독이 취소된다!). 자칫 구독자 한 명을 잃었을 수도 있는 그 순간이 기분 좋은 이유는 누군가가 나를 어떤 이에게 자랑하려 했다는 뿌듯함 덕분이다.

　그 친구는 우리 팀의 구독자 수를 늘리는 데 일등공신으로 활약하고 있는데, 그의 노하우라고 한다면 티키틱을 아직 모르는 이에게 지구 끝까지 따라갈 기세로 우리의 영상을 보여주는 것이다. 그곳이 직장 회식 자리든, 동창회 술자리든 상관없다. 그러면 티키틱을 몰랐다는 죄 하나만으로 목표물이 된 가엾은 이는 술자리 내내 우리 영상을 시청할 수밖에 없고, 끝내 구독 버튼을 누르게 돼 있다. 돼지 껍데기 두 점에 영상 한 편씩을 보여준다니, 고전적이지만 확실한 수법이다.

바라는 것 없이 우리 팀을 홍보하는 숨겨진 영업사원은 한 명 더 있다. 바로 나의 아버지다. 운전할 때도 우리 팀의 노래만 틀어놓으시는, 진정한 티키틱 덕후라 불릴 분이다. 명절이면 특히 그 정도가 심해지시는데, 유튜브가 뭔지도 잘 모르는 집안 어르신들께 일일이 핸드폰을 들고 순회공연을 다니신다. 대부분의 어르신들이 귀가 어두워 잘 듣지 못하는데도 영상 하나하나의 기획 의도부터, 이 곡은 누가 작곡했으며 조명은 누가 설치했고 디자인은 누가 했는지 목에 핏대를 세워가며 설명하신다. 결국 작은방에서 주무시던 어르신들까지 어느새 아버지 근처로 모여 "얘는 진짜 이름이 추추여?" "구독인지 뭔지 누르면 돈 드는 거 아니여?" "기섭이네 둘째 돈 버는 거면 당연히 눌러야지, 뭔 소리여" 하신다. 심지어 내가 바로 앞에 있는데 내게는 묻지도 않고 휴대전화를 들여다보며 내 이야기를 하신다. 그러다 끝은 늘, "우리 막내한테 이거 누르라고 해야겠구만"으로 마무리된다. 내가 알기로 그 '막내' 분은 현재 40대 중반에 접어드셨다. 부디 청춘을 노래하는 우리 팀의 영상이 그분의 마음에도 드셨기를 바란다.

이 글을 쓰는 현재, 코로나19로 모두가 힘든 상황이다. 가게들은 문을 닫고, 사람들은 외출을 삼가며 이 순간이 무사히 지나가기를 바라고 있다. 연기를 하는 주변 지인들도 제작 일정이 미뤄지고 공연이 취소되는 등 예상치 못한 일들로 마음고생을 하고 있다. 그럼에도 삶은 계속된다고, 그들은 매일같이 마스크를 쓰고 오디션을 본다. 또한 언제 재개할지 모를 공연 연습을 하러 간다.

코로나19 사태 이후 관객 수가 눈에 띄게 줄어 울상이 된 동료를 마주할 때면, 인터넷 영상의 손쉬운 접근성이라는 게 묘한 죄책감으로 다가온다. 내 얼굴은 스마트폰만 켜면 언제 어디서나 볼 수 있는, 만나기 쉬운 얼굴이다. '대중에게 잠깐이나마 얼굴을 비추기 위해 기울이는 노력들을 나 역시 여전히 하고 있는가' 하는 질문을 스스로에게 던질 때면 부끄러운 마음부터 앞선다. 2주에 한 번씩 누군가의 손바닥 위에 내 얼굴을 비출 수 있다는 것은 절대 당연하게 누릴 수 없는 큰 행운이다.

물론 각자의 자유의지로 선택한 무대지만, 그 행운이 나 스스로에게 부디 편법으로 작용하지 않기를 바라본다. 또한 아직 행운을 만나지 못한 누군가가 내 행운을 바라보며 스스로의 노력을 허망함으로 받아들이지 않았으면 한다. 그러기 위해서라도 다시 한번 '잘해야겠다'고 다짐해본다.

3장

좋아하는 일을
하며 살고 있습니다

_추추

산만했던 아이의
어느 특별한 경험

누군가에게 "영상을 시작하게 된 계기가 있나요?"라는 질문을 받으면 간단하게 이렇게 답을 한다. "타잔이 너무 보기 싫었어요." 대부분의 질문자는 의아해하며 대답을 기다린다. 그러면 태어나 처음으로 영화관에 갔던 날을 이야기하곤 한다.

어린 시절의 나는 애니메이션을 정말 좋아했지만 시청 시간이 한 시간이 넘는 작품은 한자리에 앉아 끝까지 보지 못하는 산만함 그 자체의 아이였다. 그러던 내가 엄마 손을 잡고 처음 가본 영화관에서 본 영화가 바로 〈타잔〉이다. 하지만 영화가 상영되는 화면 말고는 깜깜함뿐인 공간에서 한 시간 이상 가만히 있어야 하는 건 고통을 넘어선 공포였다. 결국, 나가자며 울고 떼를 써 공포의 영화관에서 탈출했던 기억만이 남아 있다.

산만함이 극에 달하던 어린아이는 적지 않은 시간을 가만히 서 있어야 하는 조회 시간을 고문 중의 고문으로 여기는 학생으로 자라난다. 그때 산만한 학생 눈앞에 뜨거운 태양을 벗어나 건

물 안 시원한 그늘에서 분주히 움직이는 학생이 발견된다. 그 학생은 방송부였고, 조회 시간에 밖에 서 있지 않고 방송실 안에서 대기하는 것이 방송부의 역할이었다. 이 발견은 조회 시간을 벗어나기 위해 뭐든 하고 싶어 했던 산만한 학생이 방송부에 지원하는 계기가 됐다.

조회 시간의 고통을 벗어나기 위해 시작한 방송부 활동이었지만 점심시간 라디오 방송 진행, 카메라 엔지니어링 등 방송부에서 맡은 일들은 생각보다 재미있었고 꽤 적성에 맞았다. 그렇게 방송부 활동을 이어오던 중학교 2학년 가을, 선생님께 뜻밖의 제안을 받게 된다. 그것은 바로 3학년 선배들의 졸업 축하 영상을 만들어보라는 것이었다. 순전히 방송부라는 이유로 부름을 받게 된 나는 적잖이 당황했다. 산만함의 극치를 달려 영화 한 편 제대로 보지 못하는 내게 몇 시간이고 진득하게 앉아 작업해야 하는 영상 제작을 맡기다니…….

"이런 걸 왜 저한테 시키세요"라는 말이 나오려던 찰나, 선생님은 영상 제작을 맡으면 오후 수업을 빼주겠다는 달콤한 제안을 건넸다. 그 치트키 같은 제안에 넘어가 점심시간부터 교무실 한 구석에서 작업을 시작했다. 작업 내용은 생각보다 간단했다. 체육대회, 수학여행, 가을 축제 등 3학년 선배들이 학창시절 추억을 회상할 수 있는 사진들을 나열하고, 일을 제안하신 선생님의 취향에 맞는 음악을 배경으로 깔아놓는 것이 전부였다. 생각보다 금방 끝나겠다고 생각했다. 얼마나 시간이 지났을까……. 학교 경비원 아저씨가 나를 부르셨다.

"학생, 집에 안 갈 건가?"

얼떨떨한 표정으로 주위를 둘러보니 어느새 해는 졌고 교무실엔 나 혼자 남아있었다. 영화 한 편을 끝까지 다 보지 못했던 나인데 영상을 만드느라 시간이 가는 줄도 모르고 몇 시간이고 앉아 있었던 것이다.

집으로 돌아가는 깜깜한 골목길, '어떻게 그럴 수 있었지?' 하는 생각에 빠졌다. 시간이 가는 줄도 모를 정도로 푹 빠져서 할 수 있는 일이 있다는 사실에 놀랐고, 이내 그것이 내 인생에 일찍 찾아와준 기회이자 길이라고 생각하게 됐다. 시청자의 자리에 있을 때는 지겨움과 지루함밖에 없었지만, 영상의 구성과 흐름, 그리고 합을 생각하는 제작자의 자리에서는 열정 가득한 내 모습이 있다는 사실에 설렘과 신남이 가득했다. 그날을 시작으로 지금까지도 잊을 수 없는 영상 배경음악을 흥얼거리며 영상제작자의 길을 걷기로 했다.

좋아하는 일을
'일'로 만들다

가고자 하는 길을 정하고 나서는 코스를 질주하는 레이싱카처럼 마냥 다음 길을 찾아 달리기 시작했다. 곧장 선생님을 찾아 영상 제작자로 진학 상담을 받고 영상미디어 학과가 있는 고등학교를 진로희망 칸에 적어 넣었다. 명확한 목표가 생겼던 덕분일까? 희망 학과에 수석으로 장학금을 따내며 입학하게 됐다.

고등학교에서는 난이도 높은 영상 작업도 다뤄볼 수 있었고, 많은 것을 알려주시는 선생님들도 만날 수 있었다. 그러다 학교 밖 인터넷 커뮤니티 쪽으로도 시야를 넓혀 영상 제작을 좋아하는 사람들을 만나게 됐다(이때 신혁과 첫 만남도 가지게 되었다). 교내외를 구분하지 않고 영상을 배우고 만들었고, 그 배경을 토대로 대학도 영상제작과에 진학했다. 새로운 사람을 만나는 걸 좋아해서 대학 캠퍼스에서도 즐겁게, 말 그대로 놀듯이 공부했다. 그러다 한 강의에서 이런 말을 듣게 됐다.

"지금 본인이 좋아하는 일을, 일로 만들지 마세요."

방송국에서 서른 해가 넘게 PD로 일해온 교수님께서 하신 말씀이었다. 그때는 이 말이 무슨 말인지 이해가 잘 가지 않았다. 내 일상은 좋아하는 영상 일로 가득 차 있었으며, 앞으로도 이 일을 쭉 하면서 살 수 있다는 자신이 있었기 때문이다.

그러나 얼마 지나지 않아 영상 제작 때문에 끙끙 앓아눕게 됐다. 좋아하던 일이 점수를 노리는 수업 과제가 되고, 대가를 받고 타인에게 납품해야 하는 작업이 되면서 그동안 즐겁기만 했던 영상 제작이 말 그대로 하고 싶지 않은 '일'이 되어버린 것이다. '교수님의 말이 결국 다 맞는 것이었을까?' '이 길이 정말 나의 길이 맞는 걸까?' 10년에 가깝게 나의 길이라 확신하고 달려왔던 에너지는 다 어디로 가버린 것인지 깊은 무력감에 빠지기 시작했다. 그 무력감은 군복무와 겹치며 한층 깊어졌다. '다들 잘 가고 있는데 나만 왜 멈춰 있을까?' 생각이 거듭되며 이걸 정말 계속해야 하는지에 대한 의문까지 들 때였다.

좋아하는 일을 즐겁게만 할 수는 없는 현실에 힘들어하던 그때, 신혁은 꾸준히 재미있는 이야기를 가져왔다.

"동명이인들이 한자리에서 만나게 된 거야. 근데 엄청나게 많이 모여서 서로 게임도 하고 싸우기도 하고." "어느 날 갑자기 인류가 연애 욕구를 다 잃어버려서 세상에 커플이 딱 한 쌍만 남은 거야. 온 세상 사람들이 주목하는 한 쌍."

자칫 황당무계해 보이는 이야기일 수 있었지만 신혁은 이것을 정말로 만들어냈다. 동명이인의 이야기는 곧 〈김민수들〉이 되었고, 연애 욕구를 잃어버린 세상 속 단 한 쌍의 커플 이야기는 〈세계 유일의 연인〉으로 만들어졌다.

재밌는 이야기에서 시작된 신혁과의 작업은 잃어버린 줄 알았던 영상 제작의 즐거움을 실감하게 해주었다. 제작의 즐거움을 다시금 느끼면서 어쩌면 '좋아하는 걸 일로 만들지 말라'는 교수님의 말씀은 내가 좋아하는 것을 '스스로' 일로 만들지 말라는 의미가 아닐까 생각했다. 일(돈)이 되는 영상은 일로써, 일이라 생각되지 않는 영상은 영상으로써 재밌게 계속해나가면 된다고 판단했다. 그저 즐겁기만 할 수 없는 업의 현실에 순응한 것이다.

그러던 중 졸업이 다가왔고 이젠 정말로 일이 되어야 할 영상 제작의 현실에 적응해야 한다고 생각하던 내게 신혁은 '같이 하자'고 말해주었다. 팀을 꾸릴 예정이라는 그의 말에는 힘이 담겨 있었다. 더 이상의 말을 하지 않아도 우리가 함께 팀을 이룬 그림이 그려졌다. 나는 마치 기다렸다는 듯 그와의 동행에 응했고 티키틱은 내게 막연했던 앞날을, 기다리고 기대하는 앞날로 만들어줬다.

'나의 힘'을 키운다

신혁의 제안 이후 '프로젝트 겨울잠'이 시작됐다. 새로운 시작에 뛰어들기 전 주어진 준비 기간은 1년이었다. 지금 돌이켜보면 그 1년간 '내가 지니고 유지해야 할 힘이 무엇일지' '팀을 발돋움시키기 위해 어떻게 시간을 보내야 할지' 등을 고민하며 막연한 미래를 구체화할 수 있었던 듯하다.

영상 매체가 급격히 발전하면서 가장 눈에 띄는 변화는 '영상 제작자 개인의 전문화'라 볼 수 있다. 언제나 '시청자'와 '제작자'로 직업군에서부터 확실하게 갈리던 시장의 구조가 이제는 누구나 쉽게 제작자이며 송출자가 될 수 있는 시장으로 변모했다. 이것은 그저 매체를 시청하기만 하던 사람들이 이제는 제작자의 관점에서 전문가처럼 영상을 깊게 뜯어보고 이모저모를 말할 수 있게 되었다는 뜻이다. 그렇다면 티키틱의 영상을 봐줄 시청자들에게도 좀 더 전문화된 영상을 보여주는 제작자가 되어야겠다는 판단에, 준비 기간 1년간 뮤직비디오와 광고를 촬영하는 팀의 막내로 뛰게 됐다.

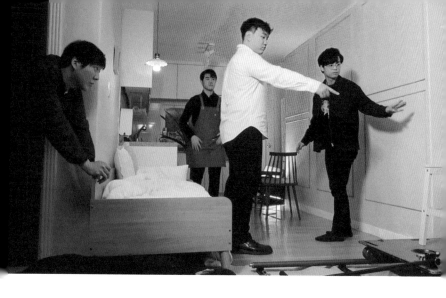

　영상 제작을 학생 때부터 시작했고 꽤 많은 것을 할 줄 안다고 자신해왔지만 본격적으로 마주한 상업 촬영 현장은 배워도 배워도 끝없이 배울 것이 존재하는 곳이었다. 쉴 새 없이 업데이트되는 최신 기술과 장비, 오랜 기간 제작 팀에 몸담아야 알 수 있는 작은 꼼수 같은 촬영 팁들, 인터넷에 아무리 검색해도 나오지 않을 현장의 생생한 흐름들을 배웠다. 그중에서도 계속해서 시선을 끌던 요소는 바로 '조명'이었다.

　학창 시절에는 조명에 큰 관심을 갖지 않았다. 학교에서 배운 조명은 빛의 각도, 광량(빛의 양)을 계산하고 이에 맞추어 기구를 설치하는 예술이자 이과적인 성향이 강해 보이는 분야였다. 그러나 현장에서 직접 마주한 조명 작업은 꽤 힘겨운 육체 노동에 가까웠다. 원하는 빛의 양와 방향을 위해 크고 무거운 장비를 운반하고 촬영 내내 직접 들고 있거나 옮겨야 하는데도 연출이나 촬영, 미술 분야와 달리 화면 내에서는 그 고됨이 잘 드러나지 않았다.

그럼에도 조명이 내 눈길을 끌었던 건 빛으로 좋은 어둠을 만들어내는 현장을 봤을 때였다. 빛이라는 것이 단순히 어두운 곳을 밝히는 용도로만 쓰이는 게 아닌, 화면 안에 없었던 분위기와 느낌을 만들어내는 현장을 경험한 이후 '내가 팀을 위해 가져갈 수 있는 힘은 이것이구나' 하는 생각이 들었다.

시간이 지날수록 팀의 시작을 기다리는 마음이 강해졌고, 현장에서 얻은 정보와 팁들을 얼른 활용해보고 싶은 욕망도 더해졌다. 그때의 경험은 이후 제작할 영상들을 구성하는 지도이자 설계도가 되어 지금의 티키틱을 만들어가는 데 작지 않은 조각들이 되었다.

딴짓으로 밥 먹고 삽니다_은택

제가 바로 성덕입니다

오프라인 행사나 우연한 기회를 통해 티키틱 구독자 분들을 만나게 되는 순간들이 있다. 누군가 우리의 영상을 기다려주고 우리 작품을 통해 영감을 받는다니, 여전히 참 신기한 일이다. 반가운 마음으로 구독자들의 얼굴을 마주하노라면 나와 똑같이 상기된 표정을 짓고 있는 걸 발견한다. 아티스트와 팬이 만나는 건 이처럼 서로에게 참 기쁜 순간이다. 이러한 최근이 더 특별하게 다가오는 건 지금 함께 이 신기한 일을 만들어가는 형들이 한때는 내게 그런 존재였기 때문이다.

"떴다!"

Project SH의 신작 〈알콜 전쟁〉이 올라왔을 때다. 알코올이 어떤 맛인지도 모르던 고등학생 김은택은 기숙사 사감 선생님의 눈을 피해 인터넷 강의실에서 몰래 Project SH의 신작을 즐겼다. 소주 맛도 모르면서 영상의 흥과 뽕에 잔뜩 취했던 기억이 난다. 동영상 제작에 한창 맛을 들이고 있던 터라 당시 내게 이신혁은 그야말로 스타였다. Project SH의 작품 가사를 줄줄 외웠고,

신작이 올라오기를 기다리면서 언젠가 나도 내 이름을 걸고 창작 활동을 해보겠다고 생각했다. 우연히라도 만나게 되면 꼭 얘기해줘야지. 당신이 내게 얼마나 큰 영감을 줬는지.

Project SH는 꽤 영향력이 있는 터여서 유튜브와 페이스북 등지에 무슨무슨 비디오, 스튜디오 땡땡 같은 영상 꿈나무들이 생겨나기 시작했다. 그 무렵 나도 '와비채널(가끔 이름의 뜻을 묻는데 '와! 비디오'라는 뜻이다. 그렇다. 별거 없다. 와!)'을 만들어 이런저런 습작을 올렸다. 지금 보면 다소 조악한 결과물들이지만 그때 분명하게 느꼈던 것 같다. '아, 내 손으로 뚝딱뚝딱 무언가를 표현해낸다는 게 참 즐거운 거구나.'

초등학생 때부터 연습장과 컴퓨터로 연마해온 갖가지 '딴짓'의 스킬들이 영상을 만드는 데 꽤 많은 도움을 줬다. 연습장에 만화를 그리던 습관은 머릿속의 이야기를 스토리보드로 표현할 수 있게 도왔고, 포토샵으로 블로그 스킨을 만들던 취미는 방송실의 저화질 캠코더로 찍은 열악한 영상에 제법 그럴듯한 타이틀 그래픽을 얹어줬다. 〈메이플스토리〉라는 게임의 픽셀 애니메이션을 모방하며 익힌 애니메이션 기본기는 학생치고는 그럴듯한 기술과 센스를 갖게 했다. 물론 학교 선생님들은 공부할 시간에 딴짓하는 걸 그다지 반기지 않으셨기 때문에 주말에 학교에서 몰래 촬영을 하고 기숙사 취침 시간에 사감 선생님 모르게 새벽 편집을 하곤 했다.

공모전 입상 같은 나름의 결과가 만들어지자 선생님들도 나의 진로에 관심을 가져주셨다. 그 무렵 나를 무척 아끼시던 선생님께서는 방송 PD가 되고 싶다면 영상 창작보다는 대학 진학을 위한 입시에 집중하는 게 어떻겠느냐는 조언도 해주셨다. 어쨌든 대학을 가야 방송국에 들어갈 만한 자격과 기술을 갖추지 않겠느냐고 말이다. 하지만 영상을 업으로 삼기 위해 지금은 영상을 내려놓아야 한다는 것이 당시엔 모순처럼 느껴졌다. '입시와 대학 교육을 거쳐 방송 PD가 되는 것이 정말 내가 하고 싶은 일일까?' 하는 질문도 뒤따랐다.

내게는 유명한 영화감독이나 스타 PD들보다 Project SH와 'JWVID(지금의 비됴클래스)'가 영상 창작자로서 목표한 이상향에 더 가까웠다. 싸이월드 시절 UCC 스타로 창작을 시작한 그들이 페이스북과 유튜브로 주 무대를 바꾸며 하나의 브랜드가 되어가는 걸 보면서 영상 창작을 업으로 삼는 일이 꼭 기성 미디어로부터 자격을 따내야만 가능한 게 아니란 걸 알았다. 그때까지만 해도 유튜버니 MCN이니 하는 담론이 수면 위로 오르기 전이었는데, 돌아보면 당시 서로 아는 사이는 아니었지만 그들이야말로 일찍이 내게 좋은 방향을 알려준 랜선 선배들이 아니었나 싶다.

대학 입시를 준비하는 친구들 틈에 껴서 어설프게 영상을 만드느니 이왕이면 영상을 배우기 더 좋은 환경으로 가야겠다는 생각을 했다. 페이스북을 통해 알게 된 서울영상고등학교 선배(이 선배는 '웃소 채널'을 통해 활동했던 우감독이다) 덕분에 특성화 학교인 영상고등학교로의 전학을 결정했다. 경산 토박이였던 나는 그렇게 열여덟이라는 조금 이른 나이에 부모님을 떠나 서울로 상경하게 됐다.

초심자의 행운이었을까? 아니, 어쩌면 신기한 운명이었을지도. 서울로 향하던 첫날 예정에 없던 신기한 일이 일어났다. 그동안 나의 영상 활동을 지켜보던 서울 사는 아는 누나가 밥을 사주겠다고 불러서 나가게 됐는데 그 자리에 다름 아닌 Project SH의 신혁, 비됴클래스의 하줜, 두 랜선 선배들이 있는 게 아닌가! 나는 이 누나가 두 형들과 아는 사이인지도 미처 몰랐다. 맙소사! 이럴 줄 알았으면 교복 말고 더 예쁜 옷을 입고 올 걸!

서울 생활 첫날의 기억은 존경하는 이들과의 얼떨떨한 첫 만남이 됐다. 쭈뼛쭈뼛 긴장해 말도 잘 못 붙이다 겨우 용기를 내서 사인해달라며 말을 걸었다. 얼마 못 나눈 대화를 아쉬워하며 사인을 꼭 쥔 채 영상고 앞 고시원으로 발길을 옮겼다. 긴장으로 토막 난 기억들 중에서도 유독 선명한 것은 닿기조차 어려울 거라 생각했던 두 사람이 사실은 그동안 내가 올려오던 작업물을 기특하게 여기며 눈여겨봐왔다는 점이다.

'와비채널 김은택 감독님! 자주 봬요 :)'

특히 신혁이 형은 사인과 함께 이런 한마디를 적어줬다. 그와 자주 볼 수 있는 사람이 되어야겠다고 결심한 것은 바로 그때부터였던 거 같다. 뮤즈를 만난 열여덟의 덕후 김은택은 그땐 알지 못했다. 성덕이 되어 신혁이 형과 정말로 이렇게 자주 보게 될 줄은……

딴짓이 업이 되다

영상 고등학교로 학교를 옮기면서, 내 재주는 더 이상 딴짓이 아니게 됐다. 지금껏 쌓아온 딴짓을 꽃피워 영상 제작을 의뢰받거나 짧게나마 회사를 다녀보며 고등학교 3학년 때부터 경제활동을 시작했다. 고등학생 나이에 그간 익혀온 재능을 활용해 돈을 벌어 맥북이나 카메라 같은 장비를 마련하고, 스스로 모은 돈으로 자립을 하는 일은 너무나 짜릿했다. 그렇게 딴짓은 점점 업이 되어갔다.

고등학교 졸업 이후엔 유튜브 콘텐츠 회사에 제작 PD로 입사했다. 그림과 그래픽을 잘 다루는 장기를 살려 게임 영상 제작 업무를 맡게 됐고, 작중 캐릭터를 실사화하는 CG 영상을 연출했다. 초등학생 때 놀이처럼 시작했던 게임 그래픽 2차 창작이 돌고 돌아 이렇게 업이 될 줄이야! 잔기술이지만 게임 그래픽 모사는 나름 10년 차였다. 애프터 이펙트로 만든 특수 효과를 뽐내며 반갑게 작업했던 기억이 난다. 과감한 서울 상경 덕분에 좋아하는 일을 직업으로 삼는 것이 생각보다 일찍 이루어졌다.

처음엔 나를 서울까지 이끈 랜선 선배들처럼 전업 유튜버로 브랜드를 키워볼까도 생각했었다. 하지만 몇 달간 개인 유튜브를 운영해보곤 당분간 취미 채널로 남기기로 했다. 취미로 습작을 할 땐 원하는 만큼 충분한 시간을 쏟아 영상을 만들 수 있었다. 하지만 취미 이상의 브랜드로 성장하려면 채널 운영에 더욱 부지런해야 했고, 그러기 위해선 영상 한 편을 제작하는 데 들이는 시간을 조절해야 했다. 열정만으로 영상 한 편에 지나친 시간을 쏟으면 계획했던 업로드 날짜나 다음 영상에 안배할 체력에 펑크가 나기 마련이다. 게다가 현실적으로 전업 유튜버의 삶을 이어가려면 영상 제작 양을 늘려야 했는데, 그러면 그럴수록 콘텐츠에 쏟을 수 있는 자원이 부족했다.

콘텐츠를 통해 수익이 발생하고, 그 수익이 다시 콘텐츠 제작으로 선순환 되는 진정한 전업 유튜버였다면 이야기가 좀 달랐을지 모르지만 유튜브 채널이 직업의 궤도로 성장할 때까지는 시간이 필요했다. 수개월, 수년이 될지도 모르는 그 장담할 수 없는 시간을 버틴다는 건 당시의 내겐 너무 무모해 보였다. 수익이나 삶의 질도 문제였지만, 제작에 투입할 한 푼이 아쉬운 상황에서라면 만족스러운 콘텐츠를 만들기 어렵다고 판단한 것 같다.

안정된 급여와 예산이 확보된 회사 안에서 활동하는 편이 내가 바라는 콘텐츠를 만드는 데 더 전략적이라 판단했고, 그건 퍽

들어맞았다. 급여와 소정의 제작비라는 마중물은 맨땅에 헤딩해서 만들어내는 개인 채널 영상보다는 만족스러운 퀄리티를 보장해줄 수 있었다. 처음 서울을 향할 때 꿈꿨던 '내 이름을 건 브랜드'는 아니었지만 대신 좋아하는 콘텐츠를 만들 수 있는 환경을 찾을 수 있어서 다행이라고 생각했다. 그러던 중 랜선 선배 신혁의 반가운 러브콜이 왔다.

우린 모두가 주인공이야

서울 상경 첫날 신혁 형에게 들었던 '자주 봬요'라는 말은 운명처럼 현실이 됐다. 신혁, 세진, 추추라는 드림팀 조합은 전업 유튜버를 고사했던 내 걱정을 단숨에 찢어버렸다. 그동안 회사를 다니며 모아온 여윳돈은 선순환의 시간까지 버틸 큰 힘이 되어줄 것이었다. 결정적으로, 이 드림팀과 함께라면 그 궤도에 오르는 것은 결코 먼 일이 아니라는 확신이 들었다. 그 확신은 후회 없이 만든 작품들로 이어져 티키틱의 성장을 도왔다.

무엇보다 만족스러운 것은 티키틱이 우리 네 사람 모두의 브랜드라는 점이다. 우리는 모두가 감독이면서 동시에 유튜버다. 우리는 무대 뒤에서 이야기를 만들며 화면에 잘 드러나지 않는 제작자의 역할을 뒤집어 스스로 채널을 대표하는 얼굴들이 되었다. 음악 감독, 조명 감독, 미술 감독이 직접 연기를 한다. 물론 더 좋은 작품을 위해서 때로는 카메라 뒷자리를 자처하기도 하고 배역에 더 잘 어울릴 게스트를 모셔오기도 한다. 결론적으로는 카메라 앞과 뒤를 자유롭게 활보하는 감독들이 됐다.

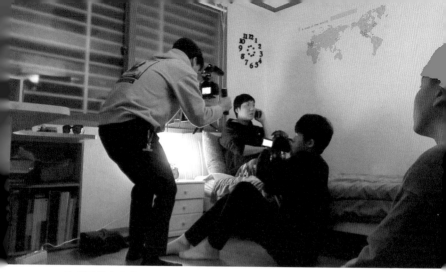

티키틱의 장점. 우리는 모두 감독이면서 모두 주인공이다.

티키틱에겐 촬영 현장 자체도 무대가 된다. 작품이 만들어지는 동안 마치 지휘자처럼 박자를 따라 연출하는 대장의 모습, 막형 세진이 캐릭터에 이입하기 위해 하는 준비운동, 추추가 뚝딱 만들어내는 발명품들(?)과 내 손에서 탄생한 핸드메이드 소품들. 현장에서 활약하는 네 멤버의 모습이 고스란히 콘텐츠가 된다. 작품 제작 현장의 뒷이야기를 담아내는 메이킹필름 제작은 내가 맡기로 했다.

Project SH 시절, 신혁 형이 현장의 하이라이트를 모은 3분 분량의 메이킹필름으로는 아쉽다는 생각이 들어 규모를 좀 더 키우기로 했다. 연출 의도를 담은 코멘터리까지 더해 10분이 넘는 넉

'메이킹(필름)을 보고 나면 본편을 보게 되고, 본편을 보고 나면 다시 메이킹을 보러 오게 된다.' 비하인드 영상에 어김없이 달리는 단골 댓글이다.

넉한 시간으로 메이킹필름 포맷을 재구성했다.

　네 사람 모두가 주인공인 티키틱에선 모든 곳이 라이브 무대다. 계획에 없던 즉흥 연출이나 갑작스러운 돌발 사고를 수습하는 멤버들의 모습에선 귀여운 인간미가 느껴지는데, 메이킹필름에는 그런 현장의 분위기를 담고자 애썼다. 그러면 금세 댓글 창에서 멤버들의 새로운 별명이 탄생한다.

　티키틱의 메이킹필름들은 단순히 현장을 기록하는 역할을 넘어 본편 못지않게 새로운 연출을 선보이는 콘텐츠이자, 멤버 한 명 한 명의 캐릭터를 조명하고 빚어내는 장치다. 제작 과정이 하나의 퍼포먼스가 되고 감독이 셀럽이 되는 곳이 티키틱의 무대이기를 소망하며 오늘도 나의 최선을 다한다.

5장

'우리 것'을 만든다는 진지한 마음_신혁

사서 고생, 얼굴엔 웃음이

2018년 9월, 드디어 티키틱의 첫 발걸음이 시작됐다.

실제 제작 환경에 놓이니 멤버 네 명의 본 모습이 본격적으로 고개를 들기 시작했다. 서로의 개성과 능력이 천차만별이었기 때문에, 작품의 완성도를 높이기 위해 가지고 있던 '비장의 카드'도 각자 달랐던 거다. 아직도 매번 새로운 이야기를 쓸 때마다 모든 멤버가 각자의 분야에서 더할 수 있는 디테일을 마음껏 더하려 든다. 거칠게 말하면 먹잇감을 포착한 하이에나들 같다고 할까. 몇 시간을 아웅다웅하고 나면 늘 처음보다 나은 결과물이 완성되어 있는 것은 사실이다. 거의 매번 말하게 되는 단골 대사도 생겼다.

"잠깐. 그렇게 피를 봐야겠어?"

〈완벽한 여행〉이라는 작품을 만들 때의 일이다. 친구들이 엠티 장소에 모여 각자의 '망한' 여행 이야기를 노래로 들려준다는 줄거리였다(완벽한 여행이 아니라 '망한 여행'이 맞겠지만 제목을 반어적으로 쓰고 싶었다). 극 중에서 내가 '현지인과 대화해보고 싶어서 외국어를 공부해 갔는데 식당 메뉴판은 한글로 번역되어 있었고 카페 알바생도 한국인이었다'는 내용으로 노래하는 부분이 있었는데, 이 부분의 가사를 더 시각적으로 전달하고 싶어서 은택이에게 미리 스케치북에 그림을 그려와 달라고 부탁했다. 그것만으로도 충분하다고 생각했는데, 촬영 전에 은택이가 다가와 넌지시 묻는 것이었다. "형, 스케치북 속 그림…… 움직이게 만들 수 있을 것 같은데. 어때?"

작업실 한쪽에 붙어 있는 포스트잇 무더기.
아이디어마다 예상되는 작업 난이도를 각각 다른 색으로 구별해두었다.
그중 빨간 포스트잇은 색에 걸맞게 '상상 이상의 험난한 여정을 걷게 될 것'이라는 뜻을 가지고 있는데, 작업을 이어가다 보면 쉬워 보였던 시나리오도 알고 보니 '빨간 포스트잇'이었던 경우가 많다.
사실상 색을 구분하는 의미가 있을까? 이제는 다 빨갛게 보일 뿐이다.

처음엔 말 그대로 뜯어 말렸다. 미리 그림을 준비한 것만도 충분한데 특수효과로 움직이게까지 만들려면 고생길이 활짝 열리는 게 당연했으니까 말이다. 업로드 전까지 피드백을 주고받으며 편집을 마무리할 시간이 촉박해 불안하기도 했다. 하지만 은택이는 계속 확신에 찬 설득을 쏟아냈고, 결국에는 스스로를 불태워 모든 작업을 시간 안에 끝내고야 말았다. 덕분에 완성된 영상에서는 노래하는 사람도, 스케치북 속 인물도 덩실덩실 움직이고 있다. 디테일을 살리려는 은택이의 노력에 두 손 두 발 다 들었다.

우리는 늘 이런 식이다. 세진 형은 여자 친구와 헤어지는 내용을 촬영할 때 몰래 반지를 가져와 끼고 있다가 이별 후 반지를 벗는 디테일을 챙기기도 했고, 추추 형도 항상 빛 한 줄기에까지 진심인 편이다. 매번 화음 하나라도 더 쌓아보려고 출연진에게 매달리는 나도 별반 다르지 않다.

이미 괜찮아 보이는 작품에 작은 디테일이라도 하나 더 얹으려는 건, 그만큼 '우리 것'을 만든다는 마음이 크기 때문일 것이다. 결과물 하나하나가 남이 아닌 우리의 발걸음으로 남기에 더욱 그러할 것이다. 지금도 모든 멤버들이 서로서로 '사서 고생'하는 모습을 보며 격려하고, 응원하고, 가끔은 말리기도 하지만 결국 모두의 생각은 같은 곳에 닿아 있다. 의미 있는 고생은 언제든지 환영이다.

함께 쌓는 경험, 무르익는 시너지

몇 년을 함께 지내다 보니 자연스레 팀워크가 부쩍 늘었다. 잘 짜인 합은 촬영장에서는 곧 무기가 된다. 우리의 촬영은 보통 시간과의 싸움이 될 때가 많다. 장소를 빌린 경우 정해진 대관 시간을 벗어나면 더 이상 찍기가 곤란해지고, 함께 촬영에 임해주는 다른 출연진들의 스케줄 역시 신경 써야 하는 부분이다.

한 팀으로 작업을 거듭하다 보니 점점 각자의 역할과 동선이 명확해졌고, 제한된 시간 안에 충분히 만족스러운 결과물을 만들 수 있게 됐다. 따로 말하지 않아도 다음 장면에 필요한 렌즈를 척척 전달하거나, '그래픽이 들어가겠구나' 싶은 공간을 미리 남겨두고 구도를 잡기도 한다. 나의 경우 여유 있게 촬영하다가 예상치 못하게 시간이 촉박해지면 가끔 필살기처럼 "지금부터 스피드런speedrun, 게임을 빠르게 끝마치는 것입니다"라고 외치곤 하는데, 이때부터는 모두 눈에 불을 켜고 촬영이 종료될 때까지 최고의 집중력을 발휘한다. 물론 긴장이 풀리면 찾아오는 피로감도 배가 되기 때문에 그렇게 자주 쓸 수 있는 방법은 아니긴 하다.

매번 함께하다 보니 따로 분리한 역할이지만 풍월도 조금은 읊을 수 있게 됐다. 한 번은 추추가 촬영에 크게 늦었던 적이 있었다. 그가 언제 도착할 수 있을지 모르는 상황에서 나머지 멤버들이 급하게 몸을 움직였다. 지금까지 추추가 어떻게 일했는지를 되짚어보면서 말이다. 그가 도착했을 때는 이미 조명을 치기 위한 준비가 다 끝나 있었다. 그때 그가 지었던 황당한 표정을 잊을 수 없다.

사소한 부분도 이제는 척하면 척이다. 나는 회의 때마다 코카콜라 제로를 마시는 습관이 있는데, 언제부턴가 밤샘 편집 후 회의에 참석하면 멤버들이 힘내라는 말 대신 미리 사온 코카콜라 제로를 건네곤 한다. 촬영에 쓰이고 남은 과자 소품들은 모두 군것질을 좋아하는 은택이의 손에 쥐여주거나, 촬영 날에는 좀처럼 식사를 하지 않는 세진 형을 위해 쉬는 시간이 끝날 때 커피 하나라도 들고 돌아오거나, 머리만 대면 잠들어버리는 터라 녹화 중 구석에서 곯아떨어진 추추를 돌아가며 깨우는 건 이제 흔한 일이 되었다.

우리 네 명은 모두 서로의 삶이 참 독특하다고 생각한다. 똑같은 캐릭터가 없다는 이야기다. 성격이 정상의 범주에서 확 틀어졌다거나 보통 사람으로는 보이지 않는 신묘한 아우라를 뽐낸다거나 하는 극단적인 경우는 아니지만, 적어도 '이런 사람이 진짜 있었나' 싶을 정도로 서로에게서 유별난 면모를 발견하는 순간이 참 많다. 티키틱을 처음 시작했을 무렵엔 그 모습이 신기해서 각자의 우스운 에피소드만을 모아 공식 계정에 연재한 적도 있다.

예를 들면 세진 형은 다소 무뚝뚝한 인상과는 달리 귀신을 무서워해서 불을 다 끄면 잠을 못 잔다. 외식할 때 식당을 정하는 것도 까다로워서 사람이 너무 없는 곳도, 많은 곳도 싫어하고 늘 구석 자리만 찾는다. 은택이는 열네 살 이후로 눈물을 흘려본 적이 없다. 미용실 가기도 귀찮아서였는지 바리깡을 사놓고 직접 머리를 벅벅 깎으면서 살았던 적도 있다고 한다. 추추 형은 얼마 전까지만 해도 바닐라 맛의 원료가 바나나라고 생각했다고……. 나 같은 경우에는 술자리가 있으면 밤을 새워야 겨우 만족하는 편인데, 그래서인지 시간이 갈수록 멤버들이 나와 술을 잘 마셔주지 않는 것 같다. 슬픈 일이다.

사소한 부분도 이렇게 다르니, 서로의 삶 속으로 깊이 들어갈수록 공통점보다는 차이점이 많아지는 것도 당연하다. 겹치는 개성이 없는 독특한 조합이다. 그럼에도 서로가 서로를 천천히 받아들이면서 한 걸음씩 떼고 있다. 그 과정은 모두 티키틱의 원료가 된다.

즐거운 원색들의 연대

　지금은 서로를 어느 정도 파악하고 이해하고 있지만, 활동 초반 서로의 개성과 차이에 적응하기까지는 우여곡절이 많았다. 사실 어느 분야에서건 당연하겠지만 대중 앞에 서는 팀을 만드는 것은 위험 부담이 꽤 큰 선택이다. 팀 채널이나 밴드처럼 모든 구성원이 함께 대중 앞에 얼굴을 비추는 경우라면 더 그렇다. 한 명의 실수가 곧바로 다른 구성원의 피해로 이어지고, 멤버 간의 신뢰와 공동의 목표가 틀어지는 순간 팀의 근간이 함께 흔들리게 되니까 말이다.

　티키틱을 시작하기 전까지, 우리는 될 수 있는 한 많은 시간을 서로에게 쏟아 부으려고 노력했다. 물론 티키틱의 전략에 대해 토론했던 날도 많았지만, 대부분의 시간엔 항상 '우리 네 명이 괜찮은 조합일까'에 대해 깊게 고민했다. 서로의 성격과 성향을 하나라도 더 알아보기 위해 각자 질문을 한 보따리씩 싸들고 오기도 했고, '당신은 무인도에 불시착했습니다'로 시작하는 이상한 심리테스트 같은 걸 서로에게 실험해보기도 했다. 다행인 건

갈수록 이 정도면 제법 괜찮은 조합이라는 확신이 들었다는 점이다. 그 시간들 덕분에 서로에 대해 알게 된 것들도 많았다. 하루 중 가장 집중할 수 있는 시간이라든지, 각자가 일하는 과정이라든지, 잘할 수 있는 일과, 해봤는데 영 소질이 없던 일이라든지, 중년 이후의 꿈과 같은 것들 말이다.

하지만 모든 가능성을 미리 대비할 수는 없는 법이다. 서로가 가진 '원색'이 보통 강한 것이 아니었기에 더더욱 그랬을 것이다. 티키틱을 시작하기 전 이미 몇 년을 알고 지냈고, 더 깊게 알고 싶어서 오랜 시간 노력했지만 놓친 부분들이 적지 않았다. 몇 번을 되짚어 예상하고 조심했는데도 생각지 못한 곳에서 나타난 차이점이 서로를 당황하게 했던 적도 많았다.

쉬운 예로는 실수했을 때 사과하는 방식도 달랐다. 잘못에 대해 변명하고 싶지 않은 마음에 '미안하다' 한마디만 남기는 멤버가 있었고, 오히려 오해를 만들고 싶지 않아 앞뒤 정황을 길게 설명하면서 다시는 그러지 않을 것을 약속까지 해두는 멤버도 있었다. 서운함을 내비치는 방법도 달랐다. 아니라고 생각하는 게 있으면 그 자리에서 바로 이야기를 꺼내는 멤버가 있는가 하면 몇 날 며칠을 생각하다가 어느 늦은 밤 단톡방에 슬며시 마음을 털어놓는 멤버도 있었다. 각자 고집을 쉽게 꺾을 수 없는 부분과 중요하게 생각하는 가치도 조금씩 달라서 서로 '왜 여기에 이 정도까지 매달리지?' 하고 느꼈던 적도 이따금씩 있었다.

　그래도, 서로가 가진 그 다른 방식으로 다시 서로를 이해하려고 하더라. 시간을 두고 바라보며 기다리니 어느 순간부터는 각자의 색 사이에서 구분선이 그어질 곳은 그어지고, 화합이 이뤄져야 할 부분에선 또 자연스럽게 섞여들어 독특하면서 그럴듯한 조화를 이루게 됐다.

　서로의 색을 받아들이니 스스로에게도 '나 자신으로 있어도 된다'는 안심이 생겨났다. 이젠 멤버들 모두 눈치 보지 않고 마음껏 스스로의 삶을 산다. 서로가 서로를 편안하게 바라본다. 누군가 술 한잔을 걸치고 단톡방에 아재 개그를 올려도, 누군가 회의 중에 코를 골기 시작해도 이제는 피식, 웃고 넘어간다. 그러다가 때가 오면 또 쿵짝, 제법 괜찮은 합으로 새 이야기를 쓴다. 오늘도 티키틱은 즐거운 '원색들의 연대'다.

🎙️ 티키틱을 한 문장으로 표현하자면?

신혁 '변화의 시기입니다.' 소속사 신년회에서 덕담 뽑기를 한 적이 있는데 그때 뽑은 글귀예요. '티키틱을 시작하면 삶 속 한두 부분은 당연히 바뀌겠거니' 하고 예상은 했지만 막상 뛰어들고 나니 그 이후로 지금까지 한 순간도 변하지 않은 때가 없었네요. 가치관도, 목표도, 저 자신과 멤버들을 바라보는 시선도 많이 바뀌었습니다. 대부분 좋은 변화였다고 생각합니다. 의미 있는 시간을 보내고 있습니다.

세진 '함께 성장하는 친구'라고 표현하고 싶습니다. 개인적으로는 저와 세 멤버들의 관계가 그렇고, 저희를 지켜봐주시는 모두가 그렇게 느끼셨으면 합니다. 좋은 일이 생긴 것도, 요즘 뭘 고민하는지도 바로 옆에서 지켜보고 함께 자란 친구. 오랜만에 만나도 어색하지 않은 친구처럼 편안하게 다가가고 싶습니다.

추추 '언젠가 지나가듯 들었던 노래가 머리에서 떠나지 않는다면.' 대단하고 특별한 무언가를 만드는 모습으로 기억되고 싶은 것이 아닙니다. 편안하고 즐거운 벗처럼 누군가에게 오랫동안 남기를 바라는 마음뿐입니다.

은택 네 사람 모두 고등학생 때부터 각자의 영역에서 단편 영상을 연출해오던 감독들이었습니다. 서로의 연출 중 음악, 연기, 조명, 미술, 각자가 가장 잘하는 필살기를 하나씩 들고 모인 모습이 합체로봇 같다는 생각을 할 때가 있어요. 어릴 때 보고 안 봐서 가물가물한데 보통 로봇 전대물에서 이렇게 외쳤던가요? '합체! 티키타 – 로보.'

🎙 채널을 운영하며 가장 인상 깊었던 댓글은?

신혁 저희 채널에 달아주신 댓글 중 읽고 감동했던 것은 도저히 하나로 추릴 수가 없어요. 대신 최근에 읽었던 댓글 중 가장 강렬했던 한 줄. "이거 마지막으로 듣고 유튜브 삭제한 뒤에 2023년도 수능 박살내고 고려대 국어교육과 들어간다." 최후의 영상으로 선택받아 영광입니다. 수능 꼭 박살내소서!

세진 〈오늘의 노래〉에 달렸던 댓글 중 하나가 기억에 남습니다. "다섯 분 우정 영원하세요, 물론 저까지 다섯이에요ㅎㅎ"라는 글이었는데, 허를 찌르는 반전과 빛나는 유머가 포함된, 게다가 우리와 시청자 모두 행복했으면 하는 저의 바람이 함께 들어간 글이라서 그렇습니다. 마침 1주년 기념 영상이기에 '우리 우정 영원하자'는 그 댓글이 더 크게 마음속에 다가오지 않았나 싶습니다.

추추 "정말 힘들었는데 티키틱의 영상을 봐서 다행이다." "위로를 받아간다"라는 댓글이 종종 있습니다. '힘들 때 또 보러오겠다'는 약속이 댓글의 끝자락에 남곤 하는데, '아직 서로에게 따뜻할 수 있는 세상이구나' 생각하게 돼요.

은택 "솔직히 이 영상 한 번도 안 본 사람은 있어도 한 번만 본 사람은 없을 듯." 자주 보이는 유형의 댓글인데 볼 때마다 항상 반갑더라고요. 이렇게 한 작품을 여러 번 반복해서 감상하거나, 시간이 흐른 뒤 문득 떠올랐다며 종종 들러주는 분들이 있어요. 다시 보러 올 만한 작품을 만들었다는 사실이 저희의 큰 자부심입니다. n회차 관객을 모실 수 있어 기쁩니다.

🎙️ 티키틱의 1년 뒤, 혹은 5년 뒤의 모습은 어떨까요?

신혁 '크리에이터는 되는 것보다 그 삶을 유지하는 것이 더 어렵다'는 말을 자주 하고, 자주 듣습니다. 무엇보다 지금처럼 자유롭고 솔직하게 이야기를 전달할 수 있는 나날이 가능한 한 오래 이어졌으면 좋겠다고 생각해요. 그 시간 동안에는 행복하지 않을 일은 없을 것 같고요.

물론 다른 꿈도 많습니다. 사실 요즘은 '영상이라는 울타리를 벗어나 새로운 시도를 해보면 어떨까?' 하고도 생각해요. 지금처럼 글을 쓸 수도 있고, 언젠가는 은유적 표현이 아닌 말 그대로의 '무대'에 올라볼 수도 있겠죠. 어떤 분야를 거치든 결국은 이야기꾼으로 기억되는 것이 목표입니다.

세진 5년 후라면 저는 서른다섯 살이 됩니다. 티키틱 영상 속 세진이 그때까지 학교를 다니고 있을지 무사히 졸업을 했을지는 모르겠지만 일단 그때를 대비해 피부 관리를 잘 해야겠습니다. 졸업을 했다면 그에 맞는 새로운 일상과 사람들을 겪게 될 텐데, 벌써 기대가 됩니다. 현실의 저 또한 제 세대를 표현하는 사람으로서, 주어진 현재의 시간에 충실한 삶을 살고 있었으면 좋겠습니다.

추추 오랜 시간 가져온 포부가 있습니다. '세상을 움직이는 사람이 되자.' 거창하게 느껴질 수도 있는 말이지만, 지금 하는 일은 내가 만든 무언가로 세간의 이목을 한순간이라도 집중시킬 힘을 갖고 있다고 생각합니다. 티키틱이 언젠가 지금의 콘텐츠를 넘어선 방법으로, 조금 더 멀리 나아가 좋은 에너지로 세상을 움직이고 있기를 바랍니다.

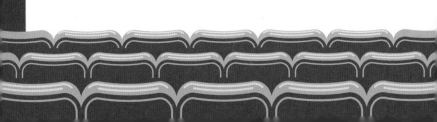

은택 이 책에서 '오래 남는 콘텐츠를 만들기 위해 노력하겠다'는 이 야기를 적었는데요. 어느 정도 기반을 닦은 지금은 좀 더 자주 찾아뵐 수 있는 미래를 그려보고 있습니다. 대장 신혁의 연출을 중심으로 네 사람이 힘을 모아 작품을 만들고, 작품이 만들어지는 사이 추추, 세진, 은택이 메이킹필름과 백스테이지(서브채널)를 제작하는 것이 현재의 방식입니다. 훗날 세진, 지웅, 은택, 이 세 명도 감독으로서 연출을 한다면 작품 주기를 새롭게 편성해볼 수 있을 거 같습니다. 연출과 배우, 조명, 디자이너의 순서가 바뀌었을 때 또 새로운 그림이 나올 듯하고요. 티키틱의 정체성을 해치지 않으면서 더 자주, 새로운 색깔의 작품으로 찾아뵐 미래를 상상해봅니다.

그냥 오늘의 노래를 하는 거야

1장

오늘의 이야기,
유통기한이
지나기 전에_신혁

조금 독특한 일기

티키틱을 어느 정도 알게 된 분들이라면 아마 '오늘'이라는 단어도 익숙할 것이라 생각한다. 티키틱의 공식 슬로건이 '오늘이 무대'이기 때문이다. 1주년을 기념하며 만든 노래의 이름도 '오늘의 노래'였고, 처음 이 책을 구상할 때의 제목도 '오늘의 노래'로 지었다. 우리가 만들어내는 콘텐츠는 늘 누군가의 '오늘'과 맞닿아 있기 때문이다.

어떤 날엔 지각한 대학생이 왜 늦었는지 변명을 하는 이야기가, 또 어떤 날엔 몇 년 만에 걸려온 친구의 전화에 반가움보다 의심이 먼저 드는 이의 이야기가 올라온다. 우리가 만들어내는 작품은 매번 장르는 조금씩 다를지언정, 그 시작이 누군가의 평범한 일상인 것은 변함이 없다.

그렇다고 해서 아무나의 일상을 전하려고 하지는 않는다. 이것은 팀의 연출자로서 지금까지 공을 들여 지켜왔고, 앞으로도 지키고 싶은 몇 안 되는 철학 중 하나다. 우리가 전하려고 하는 것은 '지금 내 삶의 반경' 안에 있는 일상이다.

Project SH로 활동을 처음 시작한 고등학생 시절, 내가 만든 영상에 등장하는 인물들은 대부분 교복 차림이었다. 고등학생 이야기만 줄곧 전했다는 뜻이다. 별다른 이유는 없다. 내가 고등학생이었으니 고등학생의 이야기를 하는 게 제일 편하고 솔직하다고 느꼈다. 게다가 이제 막 첫 발을 뗀 영상 꿈나무에게는 교실 안의 모든 순간들이 실습 소재나 다름없었다.

내가 다니던 고등학교는 (최대한 에둘러 말하자면) '질보다 양'을 강조하는 급식으로 유명했다. 가끔 넘어서는 안 될 선을 넘은 듯한 식단이 나오면 너나 할 것 없이 매점으로 달려가서 급식 대신 천 원쯤 하는 햄버거로 끼니를 때우는 진풍경이 펼쳐졌다. 저녁 식사부터 야간 자율학습 전까지의 시간은 학교 밖으로 외출이 허용되었는데, 햄버거에 만족하지 못한 몇몇 미식가들 사이에서 이 한정된 시간 내에 걸어서 다녀올 수 있는 맛집들이 공유되기도 했다.

이런 상황이다 보니 사심과 염원을 가득 담은 줄거리가 하나 나왔다. '이사장님 생신 기념으로 급식실에 7성급 호텔 요리사가 초빙된다(상상은 자유니까).' 이 줄거리를 토대로 만든 〈급식 전쟁〉이 공개되었을 때는 학교 안 친구들의 반응이 꽤 뜨거웠다. 국어 시간에 소설 『박씨전』에 대해 배운 적이 있다. 『박씨전』 속 세상은 현실과 달리 조선이 병자호란에서 승리한 세상이다. 〈급식 전쟁〉은 그야말로 우리의, 우리에 의한, 우리를 위한 맞춤형 『박씨전』이나 다름없지 않았을까 싶다.

대학교에 입학하고 나서는 대학생의 이야기를 썼다. 이 시기엔 본격적인 크리에이터 활동을 시작한 터라 그리 성실한 학생은 되지 못했다. 다른 학우들에게 피해를 주기는 싫어서 조별 과제는 매번 만점에 가까운 점수를 받았지만 '개인전'의 영역인 출석과 시험 점수는 지금 봐도 이런 코미디가 또 없다. 내 이야기의 페르소나가 되어 주는 세진 형이 대학생 역할로 등장할 때면 항상 '학점이 높지 않다'는 설정이 따라붙는 것도 다 이유가 있다 (갑자기 세진 형에게 괜시리 미안해진다).

학교 근처에서 자취를 시작하면서 새벽과 참 가까워졌다. 새벽을 뜬눈으로 맞이할 이유는 차고 넘치게 많았다. 시간 가는 줄 모르고 놀았던 날도 많았지만 아무래도 편집이나 작곡을 하다가 그대로 아침 해를 본 적이 가장 많다. '새벽 1시 전에 잠들면 크리에이터가 아니다'라는 우스갯소리를 들은 적도 있으니 말이다.

그러다 보니 언젠가부터는 일이 없어도 잠이 안 오는 날이 생기기 시작했다. 잠이 오지 않을 걸 알면서 눈만 감은 채로 무작위로 떠오르는 생각들에 몸을 맡겼던 날도 있고, 공과금이니 주택청약이니 하는 현실적인 고민들이 찾아오기 시작했던 날도 있고, 또 카페인이 내 몸에 정말 맞지 않는다는 사실을 인정하기 전까지는 연하게 마신 커피 한 잔에도 심장이 쿵쾅대서 종종 곤혹을 치르기도 했다. 이 시기의 경험을 모아 〈새벽 4시에 잠 안 올 때 부르는 노래〉라는 곡을 썼다.

우리 학교는 급식이 영 별로라고 불평하던 고등학생이, 어느새 어머니가 보내주신 김치 한 통에도 며칠을 기뻐하는 스물 몇 살이 되었다가, 지금은 또 전에 없던 마음가짐으로 하루를 걷고 있다. 나는 이 모든 순간의 기억과 감정을 내 노래와 영상에 담아두었다.

늘 조금 독특한 형식의 수필을 쓰고 있다는 생각을 한다. 나의 삶이 변하면 극 중 인물들의 삶도 정직하게 발맞춰 변한다. 그래서인지 내가 쓴 시나리오 속 주인공들에게는 '극적으로 갈등이 해결되는 순간' 같은 게 좀처럼 오지 않는다. 현실에서도 그런 일은 잘 없으니 말이다. 누군가는 스토리텔링의 묘미가 주인공과 함께 모험 속으로 빠져드는 것에 있다고도 말하는데, 우리는 그 반대편에 있다. 우리의 이야기는 한 인물을 무대 위에 올려놓은 뒤 그가 존재하는 모습 자체를 조명하는 것에 가깝다. 마치 '이런 날이 있었다' 하고 적은 일기처럼 말이다.

나와 내 주변인들의 삶에서 막 건져온 단서들은 어떤 때는 한 줄의 대사가 되고 어떤 때는 크고 작은 소품이 된다.

"원래 이렇게 할 게 없나
잠 안 올 땐

이런 생각 저런 생각
내일 있을 약속 생각
엄마 생각 미래 생각
바람난 전 여친 생각
아무래도 그냥 누워 있는 게
나았던 것 같아

곧 있으면 졸리겠지
곧 있으면 졸리겠지
곧 있으면 졸리겠지
아마"

— 〈새벽 4시에 잠 안 올 때
부르는 노래〉 중에서

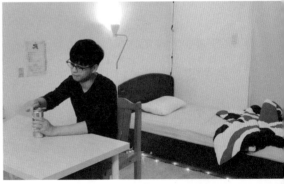

대개는 작은 요소들이지만 결국 이런 것들이 모여 우리의 이야기에 진정성을 더한다고 생각한다. 나는 과거에 고등학생이었던 적이 있지만 지금 고등학생의 이야기를 하자면 그 주파수를 정확히 맞출 수 없을 거라고 생각한다. 대신 2020년에 스물일곱이었던 내가 느낀 감정이 무엇인지는 생생하게 이야기할 수 있다.

부끄럽지만 훗날 다시 돌아보기 위해 스물일곱의 나 자신을 기록해두자면……. 모든 것에 왠지 모를 묘함을 느끼는 요즘이다. 이제는 친구들의 직장생활 푸념을 들어주는 것이 더 이상 낯설지 않아서 묘하고, 어느 친구가 나의 험담을 했다는 이야기를 들어도 예전만큼 화가 나지 않아서 묘하다. '아이리버 mp3'가 무엇인지 모르는 후배들이 생기기 시작했다는 걸 알았을 때도 그랬고, 〈하이스쿨 잼〉을 업로드했던 해에 태어났다는 시청자의 댓글을 읽었을 때도 그랬다. 무엇보다 지금까지의 내 삶에 희망과 불안이 이렇게 확실하게 공존했던 적이 없었던 것 같아 그 느낌이 그렇게 복잡 미묘할 수가 없다. 이 감각이 사라지기 전에 '묘한' 이야기를 몇 개 더 써두고 싶다.

어찌 됐든, 지금 가장 잘할 수 있는 이야기를 하는 것이 나의 목표다.

왼손에는 카메라,
오른손에는 기타

티키틱이 대중 앞에 설 때면 늘 '뮤지컬'이라는 수식어가 따라 붙는다. 항상 기승전결이 있는 극 혹은 드라마 형식의 줄거리 위에 직접 만든 음악을 얹은 영상을 만들기 때문이다. 등장하는 배우들도 대사를 읊는 때보다 가사를 노래하는 때가 더 많고, 가끔 노래가 없는 단순한 웹드라마web drama 형식의 영상을 만들 때면 배경음악을 삽입하는데 언제나 꼭 '핸드메이드'를 고수한다. 티키틱 안에서 연출과 더불어 작사, 작곡은 늘 나의 역할이다. 이건 혼자 활동했을 때부터 이어진 전통과도 같다.

누가 보면 대단하다고 여길지도 모르나 시작은 단순했다. 누구나 영상을 처음 만들 때면 기획까지는 어떻게 진행했는데 그 위에 삽입할 배경음악이 도무지 떠오르지 않아 난관을 마주하게 된다. 대중음악이나 영화 OST를 무턱대고 집어넣기엔 저작권 침해의 우려가 발생한다. 무엇보다 극 형식인 영상의 흐름에 딱 맞는 음악을 찾는 게 참 어려운 과정이었다. 원하는 부분에서 딱 적막이 흐르거나 빵 터지는 곡을 찾는 게 어디 쉬운 일인가. 짧은 시간 동안 고민하다 결국 무식한 답을 냈다. '그냥 내가 곡을 쓰면 되겠네.'

다행히 예전부터 작곡에 취미를 붙여 놓고 있어서 가능한 발상이었다. 어렸을 때 경찰관, 과학자 다음으로 적어낸 장래희망이 기타리스트였을 정도로 음악을 좋아했기 때문에 틈틈이 한두 곡씩 노래를 써보고 있었던 것이다. 물론 부모님의 꿀밤 한 방에 내 꿈은 다시 한동안 과학자가 되었지만, 그 후로 시간이 남을 때마다 흥얼거려본 덕분에 어느 순간부터는 '이 정도면 들을 만한 노래는 쓸 수 있게 됐다'고 생각하고 있었다(이 글을 쓰며 그때 만들었던 노래를 다시 들어봤다. 아, 사람은 역시 겸손하게 살아야 한다).

그렇게 연출과 작곡을 동시에 진행한 첫 뮤지컬 단편영화가 〈하이스쿨 잼〉이었다. 〈하이스쿨 잼〉이 성공을 거둔 이후로 자신감이 붙은 나는 꾸준히 영상 속에 노래를 직접 만들어 넣기 시작했다. 이 습관은 시간이 흐르며 그대로 티키틱의 고정적인 작업 방식이 됐다. 영상과 잘 어울리는 음악은 연출의 의도를 더욱 뾰족하게 깎아서 전달함과 동시에, 시청자를 이야기 안에 깊이 끌어들이는 역할을 한다. 이는 장르를 가리지 않고 대부분 동일하게 적용되는 원칙이다. 티키틱은 그 안에서 음악의 비중을 조금 더 높였을 뿐이라고 생각한다.

직접 만든 음악을 사용하는 덕분에 하나의 작품을 만드는 데 드는 노력도 두 배가 되기는 한다. 이야기에 따라서 어울리는 음악의 장르도 다르다고 믿기 때문에 '이번엔 왈츠, 이번엔 컨트리……' 하는 고민을 무한정 반복하게 되면서 공부해야 하는 것도 갑절로 늘었다. 그래도 만들어진 음악이 영상에 잘 붙으면 그것만큼 든든한 게 없다. '하나부터 열까지 온전히 우리 것'이라는 보람은 덤이다.

멋진 영상을 만들고 싶은데 주변에 음악을 좋아하는 친구가 있다면, 넌지시 '동업'을 제안해보시라. 예상치 못했던 결과물이 나올지도 모른다.

대사 같은 가사 한 줄

작곡을 어느 정도 할 수 있게 되었다고 생각하던 때에도 여전히 고전하고 있었던 건 다름아닌 '작사'다. 지금도 내가 티키틱 안에서 세련된 가사를 쓰고 있다고는 생각하지 않는다. 대신 솔직한 가사를 쓰려고 노력한다. 노랫말로 줄거리를 전하려면 '말하듯이' 노래하는 것이 무엇보다 중요하기 때문이다.

솔직한 가사를 쓰다 보면 자연스럽게 '대중가요의 꽃'이라고 생각하는 작사의 기술들을 활용하는 것이 어려워진다. 운율을 맞추려다가 문장 구조가 지나치게 뒤집어지는 상황도 피해야 하고, 중간중간 영어 단어처럼 듣기 좋은 말로 추임새를 넣는 것도 여간해서는 포기해야 한다. 내가 쓰는 가사가 세련된 가사와는 거리가 멀다고 생각하는 이유다. 하지만 아무리 생각해봐도 우리에게 중요한 건 화려한 한 줄보다 솔직한 한 줄이다.

그래서인지 나만의 '티키틱용 작사법'을 자주 사용하게 되는데, 이 방법이라는 것도 별로 특별하거나 어려울 게 없다. 먼저 작품에 등장할 인물의 정체성이 정해지면 충분한 시간을 갖고 그

인물에 몰입한다. 그런 다음엔 해당 캐릭터가 작품 속 상황에서 내뱉을 법한 말 또는 생각을 노트에 빼곡하게 적어본다. 짧거나 비슷한 문장도 빠뜨리지 않고 전부 적는다. 그중에서 진심이 가장 잘 드러났다고 생각되는 문장들을 적절하게 배치해서 전체 가사의 큰 흐름을 만든다. 마지막으로 노래하기 편한 발음으로 단어를 수정할 곳이 있는지 확인하고, 듣기에 어색하지 않도록 최소한의 운율과 음절을 조정한다.

애착이 가는 가사들은 많지만, 그중에서도 유독 마음이 잘 응축되었다고 생각하는 구절들을 몇몇 소개해보겠다.

난 언택트 마니아다. 웬만한 것들은 백이면 백 인터넷을 통해 주문한다. 고기나 양파 같은 저녁 재료도 20분 남짓이면 문 앞에 도착하는 게 요즘이다. SNS를 열면 똑똑해진 광고들이 내가 좋아할 것 같은 물건을 주르륵 깔아놓고 클릭을 기다린다. 고도의 상술인 걸 알면서도 눌러보지 않고 넘어가기엔 나를 너무 잘 아는 것들뿐이다. 〈해리 포터〉 시리즈 속 슬리데린 기숙사 문양이 박힌 잠옷도 그렇게 내 품에 도착했다. 당했다고 생각하면서도 어찌나 두근거리던지.

잠옷을 산 지 얼마 지나지 않아 생각할 거리가 갑자기 무더기로 밀려온 시기가 있었다. 한 번에 하나만 생각해도 벅찬데, 팀의 리더로서 결정을 내려야 할 중요한 안건과 인간관계에 대한 고민과 다음 작품에 대한 압박감 같은 것들이 동시에 하늘에서 뚝 하고 떨어진 것이다. 새 잠옷을 사서 행복 속에 빠져 있던 며칠 전과 다르게 완전히 풀이 죽어서는 침대에 딱 붙어 있다가 불현듯 이런 생각을 했다. '별의별 거 다 파는 세상, 안 풀리는 내 생각의 답도 어디서 좀 팔아줬으면 좋겠다.' 그렇게 해서 〈팔면 좋겠다〉의 주제와 가사의 뼈대가 잡혔다. 1절의 후렴이 끝나고 등장하는 구절은 마음을 담아 꾹꾹 눌러서 썼다.

> "나도 알아, 쉽게 산 것 중에 반절은 별로인 거
> 쉽게 샀어도 그만큼 쉽게 살진 못한다는 거
> 베개를 바꿔도 잠이 안 오고, 별거 안 먹어도 속이 거북해
> 걱정의 답은 내일 아침 택배로 오지 못하는걸"
> ─〈팔면 좋겠다〉 중에서

살다 보면 누구에게나 '추억의 게임'이 하나쯤 있지 싶다. 내어린 시절의 대부분을 함께했던 추억의 게임은 〈마비노기〉였다. 12세 이용가 등급이었는데, 공교롭게도 이 온라인 게임을 알게 된 것은 열한 살이었다. 그 후 1년의 시간을 플레이하는 상상만으로 버티다가 계정을 만들었을 정도로 내게는 첫사랑과도 같은 게임이었다. 그 〈마비노기〉로부터 티키틱과의 협업 제안이 왔을

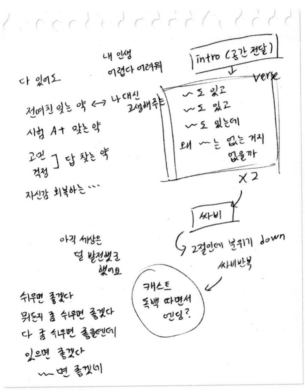

〈팔면 좋겠다〉작사 노트 중 일부. 노래에 쓰일 소재와 대략적인 라임의 틀. 곡의 전체적인 형식을 동시에 고려하며 작업했다('싸비'는 곡의 후렴을 뜻하는 용어다).

때, 내가 담당자님께 드렸던 말은 딱 한마디였다. "올 것이 왔군요." (담담한 듯 말했지만 사실 그 뒤에 느낌표가 오십 개쯤 더 붙어 있었다!!)

사실 열다섯이 되어서도, 열아홉이 되어서도, 스물셋이 되어서도 가끔 생각이 날 때면 〈마비노기〉에 접속하곤 했다. 현실의 나는 계속 변해가는데 게임 속 세상은 거의 그대로인 것이 신기하게도 일종의 위로가 되었다. 수도 없이 지나다녀서 익숙한 화면 속 마을을 한 바퀴 빙 산책하고 오면 마음속에 끼워둔 책갈피 중 한 곳으로 돌아온 듯한 기분이 들었다. 협업 구상을 하면서 한번 더 '가상의 산책'을 다녀왔다. 그러고 나서 떠오른 생각을 덤덤하게 받아 적은 것이 거의 그대로 완성작 〈들렀다 가자〉의 가사가 되었다.

가끔 내가 쓴 가사를 정성스러운 손글씨로 적어 보내주시는 분들이 있다. 음악도 좋은 스피커로 들으면 더 좋게 들리는 것처럼, 유려한 글씨체로 쓰인 노랫말을 보면 '이게 내가 쓴 가사라고?' 싶어 괜히 으쓱할 때도 있다. 마음에 드는 구절을 키보드로 필사해서 SNS에 본인의 소감과 함께 적어둔 분들도 계셨다. 감사하면서도 무엇보다 다행이라는 생각이 든다. 별거 없는 문장들이지만 적어도 그 안에 담은 마음은 잘 전해졌구나 싶어서.

"항상 그때에 머물 것 같았던 나는 어느새 자라버렸지만
문득 꺼내보면 변하지 않은 그때에 잠깐 들렀다 가자"
– 〈들렀다 가자〉 중에서

우리 오래 남는
이야기를 하자

_은택

자주 볼 수 없다면
오래 만나요

    티키틱은 이삼 주에 하나씩 작품을 발행한다. 유튜브 콘텐츠 업로드 주기로 보자면 느리고, 단편 작품 발표 주기로 보면 빠른, 인터넷이라는 무대에서 뮤지컬을 제작하는 티키틱의 업로드 주기는 참 별나다. 메이킹필름과 백스테이지가 있어 얼추 일주일에 한 번씩은 영상을 올리고 있지만 다른 채널만큼 구독자들과 자주 만나지는 못하는 게 사실이다. 마음 같아서는 매일 올리고 싶지만 제작에 많은 시간이 소요되는 콘텐츠 특성상 마음처럼 양산해 내기가 어렵다.

    투자에 공짜란 없다. 업로드 시기에 맞춰 조회 수를 크게 한몫 잡으려면 수많은 영상 속에서 사람들의 눈길을 끌 만한 전략적 미끼가 필요하다. 유튜버들은 관심이라는 자원을 만들기 위해서 썸네일thumbnail, 미리보기 화면을 수차례 다시 만들기도 하고, 더 큰 어그로aggro, 분쟁를 끌어내기 위해 위험을 부담하기도 한다. 주 5회 업로드, 양으로 승부하는 전략을 택한 유튜버는 그만큼 많은 영상을 만드는 데 시간을 쏟아부어야 한다. 물리적으로 불가능한 시간을 충당하려면 편집자를 고용해 비용을 지출하거나, 양질의 영상에 투입하던 자원을 양산 가능한 포맷을 위해 양보할 수밖에 없다.

한 달에 두 작품. 떠오르는 아이디어로 아무렇게나 막 만들기엔 티키틱에게 총알이 딱 두 발뿐이라 벽에 한가득 붙여놓은 아이디어 포스트잇 중 무엇을 만들면 좋을지 고르는 게 쉽지 않다. 한 발 한 발 신중하게 영점을 맞춰서 쏴야 한다.

중학생 때 만들었던 인생 첫 영상은 학교 방송실 구형 캠코더로 찍은 SD 화질의 조악한 영상이었다. 그마저도 카메라 설정과 편집에 서툴렀던 나머지 영상의 퀄리티가 그 시절 표현으로 그야말로 '안습'이다. 당시 나는 좋은 영상이란 고화질의 카메라와 깔끔한 편집 실력으로 만들어낸 영상을 말하는 줄 알았다. 몇 년이 지나 티키틱의 네 사람은 각자의 자리에서 제작 노하우를 갈고닦았고 지금 우리에게 보기 좋은 퀄리티의 영상을 만드는 것은 그리 어렵지 않다.

영상미를 잡는 것은 비교적 쉬워진 반면 그렇게 만들어낸 콘텐츠를 많은 사람들이 보게 하는 건 좀 더 어려운 일이 됐다. 조회 수가 의미하는 관중의 수는 콘텐츠의 가치를 대변한다. 이 가치는 보람과 수익, 그리고 다시금 좋은 콘텐츠를 만드는 힘으로 환산된다.

우리는 실험적인 예술 영상을 사랑하지만, 오직 예술성에 집중하고자 했다면 그에 더 적합한 다른 플랫폼을 찾았을 거다. 유튜브라는 무대를 선택하고, 취미 그 이상의 브랜드로 성장하고자 결심한 만큼, '내가 만들고 싶은 것'과 '관객이 보고 싶은 것'의 접점을 잡아내야 했다. 재미있는 영상을 만들어 많은 관중을 무대로 이끄는 것은 콘텐츠 제작자에게 아주 중요한 미션이기 때문이다.

가령 유튜브에 웹드라마를 검색해서 상단에 노출되는 작품들을 보면 서로 비슷한 키워드를 공유하고 있다. 전 남친, 여사친, 썸남, 바람, 키스, 이별……. 콘텐츠가 소비되는 트렌드를 읽고 눈길을 끄는 소재와 잘 먹히는 포맷을 차용하는 건 영리한 전략이다. '클릭'과 '좋아요'를 보장하는 공식을 기반으로 감독만의 스토리텔링을 얹으면 분명히 재미가 있다. 많은 사람들이 보는 성공한 콘텐츠가 되는 셈이다.

앞서 말했듯 조회 수는 결코 저렴하다 폄하할 수 없는 중요한 가치다. 티키틱도 창작에 앞서 늘 재미에 대한 고민을 한다. 신작을 매주 올릴 수는 없으니 이왕이면 많은 사람들이 볼 만한 콘텐츠를 올려야 한다고 생각한다. 다만 우리는 관객을 모으기 위한 많은 전략 중 '지속성'에 조금 더 무게를 실었다. 한 번에 많은 사람들의 눈길을 사로잡기보다 오랜 시간 동안 발길이 끊이지 않는 작품을 만드는 편이 티키틱의 별난 업로드 주기에 더 적합한 전략이라 판단한 것이다.

티키틱 영상이 올라오는 유튜브 무대는 막이 내리면 더 이상 관람할 수 없는 공연과 달리 언제든 영구히 볼 수 있다. 하지만 아이러니하게도 인터넷 영상은 그 어떤 매체보다 휘발성이 강하다. 빠른 시간 내에 수많은 관객을 모으지만 그 화력을 오래 보존하기는 쉽지 않다.

많은 사람들이 우리의 작품을 보고 또 봤으면 좋겠다고 생각했다. 올린 지 한참 지난 작품에 입소문을 듣고 찾아온 사람과 문득 떠올라 다시 들른 이들로 붐비는 채널이 되었으면 했다. 그 결과는 '오래 남는 이야기'였다. 뮤지컬 단편을 만드는 별종 유튜버가 관객을 효과적으로 유치하기 위해 고안한 필사적인 생존법이라 해도 될 듯하다. 그렇게 작품을 본 관객의 가슴에 무엇을 남겨야 오래도록 남을 수 있을지에 대한 고민이 시작됐다.

3분, 당신의 마음까지 닿는 시간

티키틱 영상들을 쭉 살펴보면 많은 영상들이 3분을 채 넘기지 않는 것을 발견할 수 있다. '오래 남는 이야기'를 하겠다고 해놓고 우리가 빌린 시간은 겨우 200초 남짓인 셈이다. 스피치로 세상을 바꾸는 데 15분의 시간이 필요하다 하고, 극장에서 상영하는 영화는 100분을 넘어가며 이야기를 전한다. 그런데 티키틱은 왜 하필 3분이었을까?

유튜브는 관객이 다른 영상으로 발길을 돌리기 전에 관심을 끌어내야 하는 야생의 무대다. 휴대전화를 쥔 손가락은 그리 호락호락하지 않다. 긴 러닝타임을 갖고 육수를 우려낼 여유란 없다(한 방을 위한 장치를 느긋하게 쌓아올릴 빌드업build-up은 어렵다는 의미다). 짧은 시간 안에 보장된 재미를 줘야만 한다. 그러면서도 오래 남을 이야기를 만들어야 하니 마음속 무언가를 건드려야 하는 건 덤이다. 육수 없이 깊이 있는 음식을 만들라니, 참 어려운 일이다. 다행히 우리는 눈길보다 더 효과적으로 마음에 닿는 지름

길을 알고 있다. 빈틈은 귓가였다.

　고등학생 때의 나는 관심 있는 친구가 생기면 줄곧 연애 음악을 듣곤 했다. 그 친구와 말도 트기 전이지만 괜히 설레는 기분이 들기 때문이었다. 비 오는 날이면 나만의 플레이리스트(주로 로–파이였다)를 틀어 센티멘털한 기분에 빠지곤 했다. 이처럼 음악은 긴 사연 없이 멜로디 몇 초만으로도 분위기를 자아내 마음을 울린다. 짧은 시간 안에 마음을 열기에 최적화된 장치라 할 수 있다.

　티키틱 영상이 주로 3분에 맞춰진 이유도 여기에 있다. 음악이라는 효과적인 장치에 영상의 길이를 맞춘 것이다. 신혁 형이 Project SH부터 다져온 티키틱의 뮤지컬 연출은 별다른 빌드업 없이 바로 영상에 집중하게 만들고 직관적으로 감정을 전달한다. 더군다나 노래는 기억에도 오래 남는다는 장점이 추가된다. 3분짜리 짧은 음악을 듣고 나면 나도 모르게 주요 멜로디를 흥얼거리게 되고 심지어 어떤 가사는 뇌리에 남아 외워버리기도 한다. 마음에 말뚝을 박기에 음악만 한 게 없다는 증거다. 확실히 음악은 마음까지 가는 시간을 크게 단축해주었다. 기술적 완성도에서 오는 영상미와 적절한 유머를 곁들인 대중성 있는 연출, 여기에 음악을 더한 티키틱만의 스토리텔링이 여유를 허락하지 않는 인터넷 무대에서 깊은 맛을 전하는 데 필요한 시간을 벌어준 셈이다.

　끌림을 해결했으니 이제 울림에 대한 고민을 할 차례였다. 그

때부터는 마음에 접근하는 도구보다는 오래 머물 수 있는 '좋은 이야기'에 집중해야 한다.

좋은 이야기란 무엇일까? 그저 재미있기만 한 이야기는 마음에 오래 남기 어렵다고 생각한다. 즐거움이나 웃음보다 더 깊은 종류의 감정을 건드리는 무언가가 필요했다. 깊은 감정의 울림이 낳는 여운은 결코 짧지 않을 테니 말이다. 티키틱은 항상 기획 단계에서 이 '울림'에 대해 고민하는 시간을 갖는다.

충분한 배경과 설득의 시간을 갖고 만든 촘촘하게 잘 짜인 이야기는 진한 감동을 전한다. 하지만 급하게 전달된 얕은 메시지는 신파나 훈계라는 별명이 붙기 쉽다. 함부로 던지는 엉터리 감동은 동의되지 않는 위화감만 더할 뿐이다. 그럴 바엔 담백한 즐거움을 전하는 데 집중하는 것이 낫다. 3분이라는 시간은 동의하지 않곤 못 배길 지당한 서사를 쌓아올리기에는 모자란 시간이었다. 그래서 우리의 '3분짜리 울림'은 거창한 감동 대신 정말 사소한 감정을 공감하게 하는 데서 출발했다.

사소할수록 울림은 더 진해진다

　"라면이 오천 원, 계란이 삼천 원, 보일러 고장 나서 사만 천 원"

　〈독립하는 중〉 속 세진이 부른 가사 중 일부다. 이왕 돈 때문에 고생한 얘기를 꺼내자면 동생의 수술비나 젊은 나이에 짊어져 버린 큰 빚과 같이 절절한 설정을 부여할 수도 있다. 드라마틱한 서사를 곁들여 가난을 부각했다면 상황은 더 구슬퍼졌을지도 모른다. 하지만 우리에게 주어진 건 3분. 티키틱은 어느 자취생이나 겪을 만한 가계부 지출에 시선을 맞췄다.

　연고 없는 이의 사고보다는 실수로 바짝 깎은 내 손톱이 더 아프다. 쉽게 겪지 못할 특별한 사연이 주는 슬픔의 강도는 더 강할지 모르지만, 슬픔의 거리가 가까운 건 내가 겪을 법한 작고 흔한 이야기다. 티키틱은 울림을 전할 때 타인의 서사를 통한 감동보다 보통의 경험을 건드리는 걸 더 선호하는 편이다. 일상은 원래 사소하다. 우리와 가까운 것일수록 더 작고 보잘것없다.

일상에서 부딪히는 사소함에 집중할 때, 공감은 더 깊어진다.
"잔소리 들으러 또 전화할게
내일은 나아지길"
– 〈독립하는 중〉 중에서

고작 '나올 때 에어컨 끄고 나왔던가' 하는 사소한 걱정 하나 때문에 반가운 약속 자리에서도 마음이 편치 못했던 하루, 카톡에서 종일 1이 지워지지 않는 걸 보며 '혹시 친구가 나에게 서운한 감정이 있는 걸까?' 하는 소심한 생각에 사로잡히는 밤, 너무 작아서 노래로 담기에 조금 민망한, 일기장 구석에나 한가득 적혀 있을 작고 찌질한 고민들이 티키틱의 단골 소재다. 우리는 특별한 사연 대신 일상 가까이의 작고 사소한 감정을 노래한다. 그리고 더 사소한 것들로 파고들수록 울림은 진해진다고 믿는다.

본인이 직접 겪어본 일에 대한 공감은 타인의 일에 이입해 얻는 감정과는 다른 깊이의 직관적이고 직접적인 울림이다. 호환성 좋은 이 '보통의 감정'은 시청자 각각의 경험과 상호작용해 개인이 겪었을 비슷한 감정을 위로한다. '나도 그래' 하는 공감 정도면 충분하다. 일기장 속에 숨겨오던 마음속 작은 찌질함이 서로의 울림이 되어 공명해주리라 믿는다.

사소한 감정을 노래하는 3분 뮤지컬, 우리가 전하는 담백한 울림이 긴 시간 동안 마음에 남아 다시금 찾게 된다면 좋겠다. 단박에 재미를 주는 영상의 다음 단계인 의미 있는 콘텐츠에 대해 고민한 결과물이기에 시청해주는 분들 마음 깊이 착륙하고 싶은 마음이다. 자주는 아니지만, 우리 (부디) 오래 만나요.

누구나 편히
웃을 수 있게

새해가 되면 꼭 하는 일이 있다. 이름하여 디지털 쓰레기 대청소! 지난해에 썼던 SNS 글 중 남에게 보여주기 부끄러운 것들을 정리한다. 불과 열 달 전에 올린 셀카, 1년이 채 흐르지 않은 글들인데 어쩜 이렇게 흑역사를 만들어놨는지 얼굴이 화끈거릴 정도로 민망하다. 분명 작년에도 대청소를 했을 텐데 낯부끄러운 감성 글들이 지워도 지워도 가득이다.

민망해하며 얼른 지워냈지만, 이 모든 글들이 나 자신에게 부끄러움을 주기 위한 목적으로 쓰이진 않았을 걸 알고 있다. 스무살의 나는 이제 막 성인이 된 감상을 담고 싶었을 것이고, 중학생 시절의 나는 친구와의 다툼 이후 속상함을 토로하고 싶었을 테다. 하지만 시간이 지나 그때의 감정과 의도를 이해하기엔 그새 나의 관점이 너무 많이 변했다. 별 고민 없이 쓴 글들은 새로운 부끄러움만 남긴 채 휴지통으로 직행했다.

우리는 티키틱이 올리는 콘텐츠가 오래 남길 바란다. 마음 깊이 울림을 남기는 것과 또 다른 의미로 오랜 시간이 지나 다시 봐도 부끄럽지 않을 콘텐츠 말이다. 5년, 10년 후에도 마음 편히 찾을 수 있는, 유통기한이 길어서 쉽게 상하지 않는 건강한 콘텐츠였으면 한다.

그야말로 '대유튜브시대'에 도입하여 이제는 누구나 콘텐츠를 만들고 있다. 각자의 취향이 녹아든 영상은 많은 이들을 즐겁게 한다. 하지만 안타깝게도 인기 동영상 한쪽에는 항상 논란이 되는 '나쁜 창작자'들이 올라온다. 왜 누군가는 사람들이 싫어할 콘텐츠를 만드는 걸까?

언뜻 보면 나쁜 창작자와 사랑받는 콘텐츠는 서로 어울리지 않는다. 그런데 공교롭게도 즐거움을 주는 콘텐츠와 상처 주는 콘텐츠는 결코 다르지 않다. 당신의 눈살을 찌푸리게 하는 그 콘텐츠가 사실 누군가에게는 즐거움을 주고 있다는 의미다.

어떤 이는 구설수를 만들고 특정 집단을 공격하면서 그 집단과 대립하는 무리에게 박수를 받는다. 그렇게 관중이 모이면 돈이 된다. 미움이라는 감정 역시 상업적이기 때문이다. 하지만 불쾌함을 주기 위해 콘텐츠를 만드는 사람이 세상에 몇이나 될까? 사람들의 공분을 사게 된 실언 중 대부분은 의외로 누군가를 해치려는 의도 없이 그저 즐거움을 주려다 벌어진 경우가 많다.

사람들을 즐겁게 하는 도구는 다양하다. 슬랩스틱, 코미디 기법이나 현대의 예능에 이르기까지 우리는 다양한 방식과 도구로 콘텐츠를 만든다. 만약 어떤 영상에서 누군가를 우스꽝스럽게 연출했다면 이는 그의 망가짐을 활용해 웃음을 주려고 했던 경우일 것이다. 하지만 망가진 캐릭터가 특정한 집단을 대변한다면 이야기가 달라진다. 그 집단이 사회적으로 실재하는 편견과 미움 속에 있다면 작은 뉘앙스 차이가 그 미움을 조롱으로 담아내기 쉽다. 웃음을 주기 위해 만든 콘텐츠가 누군가에게 불편한 웃음을 주기도 한다.

다행히 아직까지는 티키틱의 이야기가 누군가에게 상처 준 일을 듣지 못했다. 티키틱 콘텐츠에 미움이나 편견을 담지 않으려 늘 고민하는 시간을 갖지만, 우리도 언제든 콘텐츠로 상처를 줄수 있다고 생각한다. 그건 결코 우리가 갑자기 비뚤어진 마음을 먹어서가 아니다. 만약 그런 일이 일어난다면 십중팔구 '태만'에서 비롯된 일일 것이다.

우리가 연출에 사용한 도구 중 어떤 것은 누군가를 해치기에 충분한 흉기일 수 있다. 담고자 했던 본질이 재미였든 울림이었든 상관없이, 잘못 사용한 도구가 주는 상처는 창작자의 의도를 가리지 않는다. 그 가능성을 간과하면 나도 모르게 콘텐츠에 불쾌함을 담게 된다.

누군가를 해치지 않는 것은 악의를 갖지 않는 것의 문제가 아니라 무엇이 다른 이들에게 불쾌함을 주는지 이해하는 영역의 문제다. 창작자라면 자신의 도덕성이나 인성과 별개로, 어떤 표현과 편견이 상처가 될 수 있는지 늘 경계하고 고민해야 한다. 우리 모두는 악의 없이 누군가를 해칠 수 있다. 그리고 그 누군가는 자신이 속해 있는 집단이 아닐 가능성이 크다. 속해 있지 않으니 더욱이 그들이 처한 상황과 배경을 모를 수밖에 없다. 그래서 가능한 한 눈과 귀를 크게 열고 어떤 것들이 우리 주변에 불쾌함을 주는지 이해해야 한다.

우리는 모두 크고 작은 실수를 하며 산다. 사소한 말실수조차 하지 않는 완벽한 개인을 바란다면 그건 너무 가혹하다. 하지만 미디어는 큰 힘을 갖고 있다. 다수가 보는 콘텐츠를 제작하는 사람이라면 본인의 표현에 더 무거운 책임을 져야 한다. 창작자들은 맹견을 키우는 견주다. 주인은 그저 산책을 하려 했지만 개는 지나가는 사람을 공격할 수 있다. 자신의 개가 사람을 해칠 수 있다는 가능성을 간과하는 순간 사고가 발생한다. 맹견주에게 사고를 대비한 공부와 훈련은 게을리할 수 없는 의무다. 우리도 마찬가지다.

가장 중요한 건 우리를 포함한 그 누구도 악의 없는 '나쁜 창작자'가 될 가능성에서 자유롭지 못하다는 사실을 인지하고 인정하는 것이다.

언제나 누구나 편안하게 웃으며 즐길 수 있는 콘텐츠.
그런 콘텐츠를 지속적으로 만들기 위해 우리는 꾸준히
노력할 것이다.

작품을 만들면서 많은 선택지와 마주하곤 한다. 캐릭터가 맡는 역할부터 상황을 묘사하는 방식과 대사 한 줄까지, 즐거움을 담고자 사용한 연출적 장치 중 누군가를 해칠 만한 것은 없는지, 건강한 장치인지 항상 고민한다. "우리 작품은 해치지 않아요"라는 태만함은 사고의 주문과 다름없다. 절대 상처 주는 일이 없게 하겠다는 약속보다는 늘 경계하고 고민하는 창작자가 되기로 약속해본다. 누구도 쓴웃음 짓지 않도록, 누구나 편히 웃을 수 있도록 말이다.

오늘을 함께
노래하는 사람들

　우리는 많은 것을 남기며 살아간다. 말과 글, 때로는 행동을 남긴다. 창작자는 조금 더 많은 것을 남길 기회를 얻은 사람이라고 생각한다. 그리고 기왕이면 좋은 것을 전하고 싶다. 티키틱으로 활동하며 우리의 작품을 통해 삶의 위로나 활력을 얻었다는 메시지를 받게 된다. 그런 말은 다시 우리에게 큰 활력이 된다. 그중에서도 특히 더 기운이 나는 말들이 있다. 티키틱 덕분에 영상을 시작했다든가, 창작자로서 티키틱의 콘텐츠에 영감을 받았다는 댓글이 그것이다. 나 역시 Project SH를 보며 콘텐츠 창작자를 꿈꿨기에 우리의 창작물이 또 다른 누군가의 창작에 동력을 제공하고 있다는 게 새삼스럽고 신기하게 다가온다.

　어느 날은 업계 관계자들로부터 티키틱의 영상이 새로운 시도의 레퍼런스로 쓰였다는 말을 듣기도 했다. 많은 시간 고민하며 만들어낸 우리의 결과물이 자갈밭에 돌 하나 더하듯 기존과 별다를 것 없는 게 아니라 트렌드를 이끌 만한 기록이 된 듯하여 뿌듯한 마음이 든다. '자주' 대신 '오래' 만나겠다는 결정이 결코 미련하지 않았구나 하는 기분은 덤이다.

새로운 영상 제작을 앞두고 에너지가 필요할 때면 유튜브에 티키틱의 작품을 검색하곤 한다. 우리가 만든 작품을 다시 보며 힘을 내려는 게 아니라 동명의 다른 영상을 보기 위해서다. 얼마 전 우연히 티키틱의 첫 작품 〈제가 왜 늦었냐면요〉를 검색해보고 깜짝 놀랐다. 수많은 패러디 영상들을 발견하게 되었기 때문이다 (세상에 이렇게나 많은 지각쟁이들이 있을 줄이야!).

티키틱의 콘텐츠를 각자의 언어로 다시 만들어준 창작물을 볼 때면 제작자로서 참 반가운 마음이 드는데, 그중에는 내가 알던 가사를 바꿔 부른 영상도 있다. 작품의 틀은 그대로 두고 자신의 일상으로 이야기를 채워서 풀어낸 것이다. 단순히 팬심을 넘어 각자의 오늘이 녹아들어가 새로운 이야기로 재탄생하는, 그야말로 티키틱의 슬로건처럼 '오늘이 무대'가 되는 순간이다. 그렇게 우리 모두의 하루하루가 무대가 된다면 정말 좋겠다.

우리 모두의 하루하루가 무대가 되기를.

3장

티키틱이 불러온
'오늘의 노래'들

제가 왜 늦었냐면요

오늘부터 지각 변명은 이렇게!

'쾅!' 강의실 문이 닫히는 소리에 수업이 멈춘다. 최대한 조용히
들어오려고 했던 지각생 세진은 당황하여 횡설수설하다가, 별안간
자신이 왜 늦었는지 변명을 늘어놓는다.

"교통카드가 잘 안 찍히지 뭐예요"라는 평범한 말로 시작된 변명은
점점 기이한 내용을 덧붙여간다. 타고 있던 버스에 강도가 난입하고,
동물원에서 탈출한 코끼리와 마주쳤으며, 땅에서는 용암이
솟아올랐단다. 리드미컬한 그의 연기력은 마치 우리가 그 생생한 현장에
함께 있었던 듯 빠져들게 만든다. 그 모든 일을 겪고도 수업 시작 4분
전에 학교에 도착했다고 주장하던 세진은 마지막으로 이렇게 덧붙인다.

"그런데 집에 에어컨을 켜놓고 나와서⋯⋯. 끄고 나오느라고 20분
늦었습니다."

어떤 약속에서건 지각했을 때 흔하게 입에 올리는 변명들이 있다. 차가 막혔다든지, 지하철을 반대로 탔다든지, 시간을 착각했다든지……. 그렇다면 반대로, 그 누구도 해보지 않았을 황당무계한 변명도 있지 않을까? 하지만 공룡을 만나서 도망치느라 약속 시간을 못 지켰다는 허황된 변명을 당당하게 말할 수 있는 사람은 많지 않을 테다.

〈제가 왜 늦었냐면요〉는 '그래. 기왕 핑계를 댈 거면 가장 통 크고 말도 안 되는 것으로 대보자'라는 발상에서 만들어졌다. 실제로 처음 구상할 당시 가장 먼저 했던 일은 현실적으로 있을 법한 변명들을 최대한 빼곡하게 적어놓는 것이었는데, 모두 우리가 만들 이야기 안에서는 절대로 쓰지 않을 블랙리스트를 만들기 위함이었다. 당연하게도 그것들을 빼고 남은 것은 하늘에서 운석이 떨어진다든지, 맹수의 습격을 받는다든지 하는 초현실주의적 변명들뿐이었다.

이 이야기는 처음부터 원 테이크one take, 시작부터 끝까지 하나의 컷으로 촬영하는 것용으로 기획한 것이었다. 비현실적인 모험담에 CG를 입히거나 곧이곧대로 영상으로 재현하는 대신 주인공의 생생한 연기와 그 위에 얹히는 효과음만으로 최대한 시청자의 상상을 자극해보고 싶었기 때문이다. 그러려면 우선 배우 개인이 마음껏 활약할 수 있는 맞춤 시나리오가 만들어져야 했다. 그래서 "번개가 쾅! 코끼리가 뿌우, 아까 안 끈 음악이 따라란따라라란……" 하는 후렴구 가사와 이야기의 큰 틀 정도만을 갖춰두고, 나머지 내용은 음원 녹음 당일에 주인공 세진 형의 연기 호흡을 관찰하며 즉석에서 채워나갔다.

본 영상에 등장한 대사 중 "좀비가 아빠가 된 거예요, 아니, 아빠가 좀비가 된 거예요!"나 "코끼리 아저씨는 진짜 코가 손이구나……" 같은 대사들은 모두 녹음 현장에서 나온 애드리브다(좀비 목소리도 내가 즉석에서 소리내 입혔다). 효과음 하나하나가 등장하는 타이밍도 전부 세진 형의 연기 톤을 참고하면서 미세한 조정을 거쳤다.

〈제가 왜 늦었냐면요〉는 티키틱의 출발을 알린 첫 작품이다. 처음으로 1,000만이라는 조회 수를 돌파한 영상이기도 하다. 지금 와서 고백하자면 당시에는 업로드 직전까지도 불안해서 손이 벌벌 떨렸다. '너무 실험적인 영상을 만든 것은 아닌가' 하는 걱정 때문이었다. 가장 조마조마하며 올렸던 영상이 가장 높은 조회 수를 기록한 영상이 될 줄은 전혀 몰랐다. 은택이 말대로 '초심자의 행운'이라는 게 정말 있는 건가 보다.

가이드 음원을 녹음한 후부터 촬영까지는 3주 정도의 연습 기간이 있었다. 원 테이크 촬영이기에 너무나 당연하긴 했지만 내게 가장 큰 목표는 '절대 틀리지 않기'였다. 그러기 위해선 가사를 완벽하게 숙지하는 것이 먼저였는데, 박자에 맞게 말을 뱉는 랩이 아니었기에 말과 말 사이의 템포를 외우는 것이 큰 숙제였다.

그래서 처음 사흘 동안은 버스를 타든 길을 걷든 시간이 허락할 때마다 반복해서 음원을 들었다. 특히 버스에서 음원을 들을 때면 웃음을 참는 것이 참 힘들었다. 버스 안에 있는 그 누구도 모르는 재미있는 이야기를 나 혼자 듣고 있는 것처럼 설렜기 때문이다. 그렇게 자다가도 툭 건드리면 가사가 나올 정도로 열심히 음원을 듣다 보니 문득 '학교 다닐 때 공부를 이렇게 했으면 서울대를 갔을 텐데' 하는 말도 안 되는 생각이 들 정도였다.

연기할 때 표정과 동작만큼 신경 쓴 부분이 있다면 시선 처리였다. 현실에서 교수님에게 변명하고 있는 부분과 회상으로 빠져든 부분이 명확하게 구분되려면 시선에 차이를 둬야 했다. 교수님께 말을 할 때나 뉴스 속 아나운서를 표현할 때는 카메라 정면을 응시하고, 코끼리의 코는 내 바로 앞을 스쳐 지나가듯, 흔들리는 구급차 안에서는 바깥 풍경이 빠르게 지나가듯 시선을 처리했다. 그게 뭐 그리 큰 도움이 되었겠나 싶지만 앞으로 이 팀의 영상에 고정으로 출연할 배우를 처음 소개하는 영상이라는 생각이 들어 부담감을 안고 많이 고민했던 부분이다.

"되게 신나는 노래였는데, 뭐 대충
둥 타 둥둥둥
여기다가 베이스가
딴 따 따다다단~♪
거기에
따다단 딴 따다단~♪
요거 기억하세요,
따다단 딴 따다단"
— 〈제가 왜 늦었나면요〉 중에서

무슨 짓을 했는지 알 수 없게

새로이 시작하는 티키틱에서 내게 주어진 미션은 내가 할 수 있는 방법으로 이야기를 최대한 효과적으로 전달하는 방법을 찾는 것이었다.

촬영지가 판타지적인 상상을 불러일으킬 수 있는 장소가 아닌 일상 속 강의실이었으므로 좀 더 평범한 빛을 만들 수 있는 조명이 필요했다. 강의실 전체를 밝히느라 인물에게 예쁘지 않은 얼굴 그림자를 만들어내는 형광등은 전원을 내린 뒤, 자연스러운 강의실 조명을 새로 설치해 구현했다.

또한 원 테이크 촬영으로 장면의 전환이 없었기에 조명의 변화를 이야기에 몰입할 수 있는 장치로 활용하기로 했다. 이야기

자연스러운 강의실 조명을 설치해 구현한
〈제가 왜 늦었냐면요〉 제작 현장.

가 진행되며 분위기가 고조될수록 전체를 밝히는 조명은 빛의 양을 줄이고 인물의 바로 옆 조명은 반사하거나 점점 강하게 쬐는 방식을 써서 인물에 닿는 빛의 밝기 차이로 드라마틱한 분위기를 만들어냈다.

이때 중요한 점은 몰입을 위해 도입한 조명의 변화가 오히려 시청자의 몰입을 깰 수 있으므로 과하거나 화려하지 않게 잘 조절해야 한다는 것이다. 영상의 종류에 따라 거기에 어떤 품을 들였는지 알 수 없게 하는 것이 더 좋은 그림을 만들어낼 때가 있다. 작품을 촬영할 때 고심하고 공들인 노력이 드러나지 않아 아무도 모를 수 있지만, 우리의 콘텐츠는 일상을 노래하고 있으므로 앞으로도 이 '자연스러움'이 지켜졌으면 좋겠다고 생각했다.

〈제가 왜 늦었냐면요〉는 '덜어내기'에 집중한 기획이었기에 작중에 디자인이 개입할 여지가 비교적 적었다. 반면 처음으로 소개되는 콘텐츠이기에 작품 외적인 부분에 삽입될 디자인 요소를 만드느라 바빴던 기억이 난다. 자막이나 엔드 스크린은 앞으로 우리가 만들 영상에서 지속적으로 노출되기 때문에 통일성 있게 가져갈 디자인 요소들을 새로 개발해야 했다.

영상 속 세진의 마지막 대사가 끝나면 티키틱 로고 속 귤색과 민트색 라인이 곡선과 직선을 그리며 엔드 스크린으로 화면을 전환한다. 〈제가 왜 늦었냐면요〉의 본 영상과 함께 처음 선보인 메이킹필름의 자막 디자인도 같은 아이덴티티를 공유했다. 동종업계 종사자가 아니고서야 알아봐주기 힘든 부분일 수 있지만 나름 디테일에 신경을 쓴 셈이다.

일관성 있는 디자인 요소는 콘텐츠를 시청하는 이들에게 반복적으로 노출되어 자연스럽게 브랜딩된다. 반복을 통해 인식된 시각적 이미지는 추후 추상적인 몇 가지 요소만으로도 티키틱을 설명할 수 있는 자산이 되고 이는 브랜드 이미지를 활용해 굿즈를 제작하는 등 2차적 소비의 영역으로까지 확대된다(실제로 티키틱 로고를 활용해 굿즈를 만들어내게 됐다).

추추의 조명 작업을 보조하면서 첫 메이킹필름을 기록했다. 티키틱이 선보이는 첫 메이킹필름이다 보니 촬영장의 흥미로운 뒷모습을 많이 담아내고 싶었는데 같은 액션을 반복하는 원 테이

크 촬영 특성상 계속 똑같은 장면만 메이킹 카메라에 담기는 게 아쉬웠다.

그러던 중 소품으로 벽에 붙여둔 시계가 자꾸 떨어지며 말썽을 피우기 시작했다. '아이고, 이를 어째.' 〈제가 왜 늦었냐면요〉의 제작자로서 촬영을 지연시키는 시계가 야속했지만, 메이킹필름의 감독으로서는 예능 같은 이 상황에 내심 회심의 미소를 지을 수밖에 없었다. 쉴 틈 없이 반복되는 리테이크에 땀을 뻘뻘 흘리며 숨을 헐떡이는 세진과 불편한 자세로 무거운 짐벌gimbal, 촬영 시 흔들림을 최소화하기 위해 사용되는 장치을 든 채 고통 속에 표정을 구기는 대장을 보고도 겉으로는 '힘들지 않냐'며 걱정 어린 시선을 보냈지만 속으로는 메이킹필름 분량을 뽑아냈다며 쾌재를 부른 순간이었다(이제는 고백할 수 있다!).

왜 전화했지 & **컬러링**

3년 만에 연락 온 친구? 그런데 왜…….

어느 저녁 전화기가 울린다. 몇 년 동안 연락이 끊겼던 대학 동기의
전화다. '왜 전화했지?' 전화기를 향해 손을 뻗는 짧은 시간 동안 온갖
생각이 주인공의 머리를 스친다.

오랜만에 걸려온 친구의 전화에도 의심부터 하는 스스로의 모습이
씁쓸하게 느껴지는 주인공. 무언가 결심한 듯 전화기를 집어 든다.

나 대신 싫은 사람 눈치 주는

이번에는 반대로 전화를 건 친구의 방에서 이야기가 시작된다. 전화를
걸자 컬러링 속 목소리가 밝게 노래한다. "전화 주셔서 고마워요. 금방
와서 받을게요!" 하지만 계속 흐르는 시간. 결국 컬러링은 포기한 듯
속마음을 털어놓기 시작하는데…….

시간이 지나 어색해진 지인의 메시지에 답장하는 건 어려운 일이다. 예전엔 그러지 않았는데 대화의 흐름이 결국 "영상 한 편 만들어줄 수 있니?"로 흘러갔던 경험을 몇 차례 하고 나니 찾아오는 모든 연락이 반가운 것은 아니게 되었다.

그나마 메시지는 고민할 시간을 두고 천천히 답장할 수 있는데 전화는 훨씬 고역이다. 느긋하게 드라마를 보고 있는데 휴대전화에 (대화를 나누기 정말 부담스러운 이로부터) 통화 연결 창이 뜨면 머릿속에 비상등이 켜진다.

'받아야 하나, 말아야 하나, 이 사람이 나한테 전화를 한다고? 이 시간에? 대체 왜 전화했지?'

〈왜 전화했지〉는 바로 그 순간에서부터 만들어졌다. 전화벨이 울리고, 발신자를 확인하고, 손을 뻗어 전화를 받기까지 찰나의 이야기다. 그 짧은 순간에 밀려오는 생각의 흐름을 1분 20초 정도 되는 노래에 기록했으니 극단적인 슬로 모션을 건 것이나 다름없다. 영상도 손이 휴대폰에 닿는 장면만을 보여주되 마치 보급기가 우주 정거장에 도킹하는 것처럼 보이도록 느리게 편집했다. 때에 따라 찰나가 영원처럼 느껴지는 일이 있지 않은가. 그 기분을 표현하고 싶었다.

전화를 받는 일 하나에도 고민이 많은, 변해버린 자신을 바라볼 때의 묘한 기분은 노래를 통해 전달했다. 흥겨운 왈츠 리듬으로 흘러가다가 '쿵!' 하고 마음이 가라앉는 순간부터 덤덤한 노래를 삽입해 구간을 구분했다. 이 부분의 노랫말은 이렇다.

"언제부터 이렇게 생각만 많아진 걸까, 모두가 나처럼 이렇게 변하는 걸까, 아니면 나만 그럴까."

이 영상을 기획할 때, 동시에 '원치 않는 전화를 받는 기분을 상대방에게도 전할 수 있다면 어떨까?' 하는 생각을 했었다. 그런 속마음을 직접 말하기는 어려우니까 통화가 연결되기 전 흐르는 컬러링을 '대변인'으로 내세우면 재밌겠다 싶었다. 〈왜 전화했지〉에서 전화를 건 친구가 등장하는 후속작 〈컬러링〉의 주인공이 '컬러링'인 이유다.

보통 반가운 전화는 빠르게 받고, 어려운 전화는 고민하다가 느리게 받는 경우가 많다. 기다리는 쪽에서 내 휴대전화 속 컬러링을 듣는다면 나와 가까운 사이일수록 뒷부분을 들을 일이 없겠구나 싶어서 〈컬러링〉에서도 시간이 흐를수록 상대에 대한 친밀감이 적게 느껴지게끔 가사를 썼다. 만약 당신이 노래의 첫 부분만 듣는다면 "전화 주셔서 고마워요. 신호가 가고 있어요!" 하는 가사를 듣고 끝나겠지만, 끄트머리까지 듣게 된다면 "이쯤 되면 둘 중 한 명은 센스가 없는 거겠죠"라는 면박을 듣게 될 것이다.

당신은 전자였음 좋겠어요

"두 가지겠죠 내가 좋거나
아니면 필요하거나
당신은 전자였음 좋겠어요
전화 주셔서 고마워요"
– 〈컬러링〉 중에서

〈컬러링〉은 전화를 걸었을 때 연결되는 시간을 고려해서 만든 노래다. 당연히 실제 컬러링으로도 출시했는데, '저 일부러 안 받는 것일 수도 있어요'라고 암시하는 부분에서 절묘하게 소리샘으로 넘어간다(많이 사용해주시면 좋겠지만, 주변인과의 관계까지 책임져드리지는 못하겠다).

〈왜 전화했지〉에서는 뜻밖에 걸려온 전화에 불안해했고, 〈컬러링〉에서는 전화를 건 상대방에게 대놓고 벽을 쳤지만, 두 편의 영상을 통해 결국 전하고 싶었던 메시지는 〈컬러링〉 마지막 가사에 슬며시 적어 두었다. "(전화를 건 이유는) 두 가지겠죠, 내가 좋

거나, 아니면 필요하거나. 당신은 전자였으면 좋겠어요. 전화 주
서서 고마워요."

세진 **화려한 휴가**

이 두 영상은 팀에서 연기를 맡은 내가 단 한 장면도 출연하지
않은 영상이다. 그래서 영상이 업로드 된 후 내가 가장 많이 들은
질문은 '넌 뭐했어?'다.

잔심부름과 대장의 볼펜 찾기와 메이
킹 카메라를 담당했던 〈컬러링〉 촬영
현장.

할 말이 없다. 아무것도 안 했으니까. 누나가 내게 물었다. 저번 주에 전화 걸었더니 촬영하느라 바쁘다고 급하게 끊었으면서 왜 한 장면도 안 나오냐고. 왜긴 왜야, 당연히 거짓말이었지. 촬영장 구석에서 게임하고 있었는데 귀찮아서 핑계 댄 거지. 미안, 누나.

보통 이런 경우, 그러니까 주연을 맡은 외부 출연자가 있고 내가 단역을 맡으면, 나는 그 출연자와 노는 역할을 한다. 그런데 이 영상은 핸드폰이 주연 아닌가! 나는 촬영에 크게 지장을 주지 않는 수준의 잔심부름과 이신혁 감독이 잃어버린 볼펜을 찾아주는 일을 했다. 촬영 마무리 정리를 돕는 일 말고는 할 것도 없었고, 아무도 내게 일을 시키려고 하지도 않았다. 아마도 일자리를 잃은 내 마음이 울적할까 싶어 몸이라도 푹 쉬라고 배려한 것 같은데, 전혀 울적하지 않았다.

다만 '이 다음 영상에 출연할 때 내가 저 핸드폰보다 연기를 잘했으면 좋겠다' 하는 다짐은 있었다. 핸드폰은 웬만해서는 NG를 내지 않으니까.

조명으로 감정 보여주기

〈왜 전화했지〉와 〈컬러링〉 시리즈는 조명 구성의 무게중심을 인물에 둘지 아니면 전체적인 분위기에 둘지를 고민했던 작품이다. 인물의 시선을 따라가는 이야기 흐름과 컷 구성이 대부분이며 인물의 얼굴이 잡히는 숏이 하나도 없었으므로, 인물보다는 전체적인 분위기에 중점을 둔 조명을 구성했다. 등장인물의 표정 연기가 빠져 있는 흔치 않은 설정이라, 인물의 감정은 노래를 통해 청각적으로 들려주고 전체적인 분위기는 조명에 여러 색감을 풍부하게 더해 시각적으로 전달했다.

〈왜 전화했지〉에서는 화자의 의심쩍은 마음과 울적함을 보여주기 위해 방 안을 보라색으로 꽉 채웠다. 또한 몽환적인 분위기를 위해 벽이나 천장을 통해 빛을 반사시키거나 불투명한 거름막으로 한 단계 걸러내어 부드러운 빛으로 구성했다.

〈왜 전화했지〉 이후 1년 반이 지나서 만든 〈컬러링〉에서는 시간이 지난 만큼 우리의 제작 능력이 한 단계 더 나아갔다. 인물이 위치한 중심 공간은 인물의 감정을 드러내는 따뜻한 주황색, 그리고 그 너머의 공간은 초록색으로 채워 영상 전체를 투 톤 조명으로 구성하여 인물의 감정과 분위기를 좀 더 입체적으로 표현할 수 있었다.

주인공이 '휴대전화'였던 〈왜 전화했지〉와 〈컬러링〉.
전체적인 분위기에 중점을 둔 조명을 구성했다.

　비슷한 플롯의 이야기를 시간이 지난 후 한 번 더 제작할 때
보이는 차이점에서 우리가 꽤 많은 호흡을 맞춰왔고, 모르는 새
다음 단계를 밟아왔음을 알게 됐던 작업이었다.

글씨로 짓는 표정

　얼굴에는 감정이 담겨 있다. 단순히 현재의 기분을 넘어 그간
겪어온 시간을 드러내는가 하면 미처 숨기지 못한 속마음을 보여
주기도 한다. 그런데 이 두 작품은 배우의 표정을 볼 수 없다. 우
리가 실제로 통화를 할 때에도 수화기 너머 서로의 얼굴에 서린

"혹시 알까요 가끔은
일부러 오지 않는단 걸
어쩌면 당신이 하려는 그 말은
오늘의 내겐 무거운 얘기일지도
이쯤 되면 둘 중 한 명은
센스가 없는 거겠죠
그렇다고 찔리진 말아줘요
연결음은 똑같잖아요 (모두에게)"
– 〈컬러링〉 중에서

감정을 볼 수 없기에 〈왜 전화했지〉와 〈컬러링〉은 의도적으로 얼굴을 감추고 대신 손가락이나 휴대전화 같은 소품으로 장면을 구성했다.

소품만으로 세심한 감정을 표현하려면 표정을 지을 다른 얼굴이 필요했다. 현장에서 추추가 만든 표정이 공간의 색감이었다면, 나는 후반 작업에서 자막이라는 장치를 빌려 표정을 그렸다. 자막을 연출할 때 〈왜 전화했지〉에서는 삐뚤삐뚤한 손글씨, 〈컬러링〉에서는 반듯한 고딕으로 서체를 달리했다. 두 작품은 수화기 너머 서로 다른 공간을 통해 수신자와 발신자라는 두 사람의 입장을 비추고 있지만 노래는 모두 수신자 한 사람의 목소리로만 흘러나온다. 간만에 걸려온 전화를 두고 수신자는 〈컬러링〉이라는 친절한 바깥 표정과 〈왜 전화했지〉라는 좁은 속마음을 동시에 갖는다. 얼굴을 대신해 글씨가 두 가지 표정을 짓는 셈이다.

롱 테이크

네 인생은 편집본, 내 삶은 원본

주인공 세진은 자신을 제외한 주변 사람들의 인생이 마치 '편집'된 것 같다고 생각한다. 친구들을 보면 눈 깜빡할 사이에 살도 빼고 과제도 끝내고 뭐든지 다 이루는 것 같은데, 자신만 혼자서 정직한 '원본' 그대로의 시간을 살아간다고 느꼈기 때문이다.

초라하게 앉아있는 세진을 놀리기라도 하듯 화려한 특수 효과를 휘감고 나타나 노래하는 친구들. "우리는 언제나 변해가지 빠르게." 세진은 그들에게 지기 싫어 이를 악물고 노력해보지만 '빨리감기' 버튼을 누른 듯 정신없이 움직이는 친구들을 이기지 못하고, 결국 체념한 채 자리를 뜨고 만다.

하지만 세진이 떠나가자 친구들의 얼굴에서도 웃음기가 사라지기 시작하고, 텅 빈 공간에서 그들의 진짜 속마음을 이야기하는데……

영상을 작업하다 보면 다양한 편집 기법을 쓰게 된다. 촬영한 파일에서 NG 장면을 들어내고, 컷을 교묘하게 이어붙이고, 그 위에 감성적인 색감까지 덧입히면 어느새 처음에 비해 그럴듯한 무언가가 만들어져 있다. 원본이 아무리 길고 지루해도 결국 시청자들이 마주하는 것은 말끔하게 재단된 편집본이다.

'모두 앞으로 나아가는 것 같은데, 저만 혼자 멈춰 있는 기분이 들어요. 신혁님은 그럴 때 어떻게 하시나요?' SNS를 통해 종종 전해져 오는 고민이다. 이런 질문을 받을 때마다 나의 눈에 비치는 타인의 삶도 다분히 편집된 것이겠다는 생각을 한다. 우리가 인스타그램이나 유튜브에서 보는 다른 이들의 모습은 말 그대로 그들의 삶 속 '하이라이트'인 경우가 많으니까. 앞선 질문에 대해 글로 답변하는 대신 〈롱 테이크〉를 기획했다. 이것이 더 진솔한 답변이 될 것 같았다.

멈춰 있다고 느끼는 '자신'과 앞서가는 '타인'의 차이를 극명하게 보여주고 싶어서 주인공 세진은 촬영장에 버려두다시피 했고, 세진을 향해 보란 듯이 삶을 뽐내는 친구들에게는 온갖 편집 기법을 사용했다. 음악을 작업할 때도 친구들의 목소리에만 왜곡을 심하게 입혀서, 코러스 하나 없이 정직한 세진의 목소리와 대비를 주었다.

이 영상에서 전달하고자 했던 진짜 메시지는 마지막에 가서야 나타난다. 노래의 후렴구는 네 명의 친구들이 번갈아가며 한 어절씩을 부르고 사라지기를 반복하는 형식으로 구성되어 있는데, 중반까지 시청자가 듣게 되는 가사는 다음과 같다.

"우리는 언제나 변해가지 빠르게
한눈팔면 언제나 앞서가니까 한 걸음 더"
– 〈롱 테이크〉 중에서

하지만 세진이 경쟁에 지쳐 떠나버리고 화면 안에 친구들만 남으면 지금껏 편집으로 잘려 있던 '뒷 구절(괄호 속 가사)'이 비로소 드러난다. 이제 그들은 이렇게 노래한다.

"우리는 (숨기곤 해) 언제나 (내 다짐은)
변해가지 (꿈은 날 두고) 빠르게 (도망가네)
한눈팔면 (막다른 길일까) 언제나 (불안은 날)
앞서가니까 (쉬고 싶어도) 한 걸음 더
(한 걸음 더)"
– 〈롱 테이크〉 중에서

　뒷 구절로 가사를 풀어냈을 때 이전까지와 상반된 분위기를
전달하기 위해 작사에 적지 않은 시간을 들였다.

　친구 역으로 등장하는 크리에이터들은 모두 평소에 '이 사람은
하루를 이틀처럼 사네' 하고 부러워했던 이들이다. 확실히 의도
적인 캐스팅이었다. 작업을 하면서 넌지시 이 이야기를 꺼냈더니
다들 오히려 나를 보며 그런 생각을 했단다. 돌이켜보니 나도 인
스타그램에 올릴 셀카 한 장을 고르려고 몇십 분을 고민하는 것
이 일상이더라. 어쩌면 타인의 눈에 비치는 나의 삶도 편집본으
로 보일는지 모르겠다.

　다른 이의 노력을 '편집된 것'이라 정의 내린 자의 주된 감정은 무기력일 거라 생각했다. 잘난 이들에게 질투조차 나지 않는, 더 나은 삶을 위한 시도는 해봐야 통하지도 않을 거라는 무기력함 말이다. 촬영을 하며 키워드로 생각한 단어는 '어차피'와 '역시나'였다. '(어차피 나는 못 하지만) 혹시 너넨 실수도 되감기 할 수 있니?(역시나 할 수 있구나)'

　영상 후반부, 술이나 게임 등으로 각종 대결을 펼치는 장면도 그 생각으로 촬영에 임했다. '어차피 이길 수 있을 거라 생각지도 않았지만 역시나 패배할 수밖에 없구나.'

　패배의 원인이 편집의 여부가 아닌 바로 그 무기력한 태도였다는 것이 드러났으면 해서 삐딱한 자세로 첫 소절을 시작했다가, 남들의 완벽한 모습 뒤에 감춰진 진짜 모습에는 관심도 없다는 듯 미련 없이 자리를 박차고 나왔다. 의도하긴 했지만 처음부터 끝까지 못난 모습만 보여주는 터라 내 얼굴이지만 안타까워서 〈롱 테이크〉는 여러 번 보기가 힘들다. '이 영상에 공감하는 편이냐'는 질문을 많이 받았는데, 현실의 나는 굉장히 긍정적인 편이다. 이 영상도 '어차피' 해야 할 일이니까 열심히 했더니, '역시나' 많은 분들께 공감을 얻지 않았는가.

"그러고 보면 너네도 편집된 것 같애
눈 깜빡하면 어느새 변해 있잖아
모두 똑같은 시간을 사는 것 같은데
과제는 언제 또 다 했니 살은 또 언제 뺐고 참"
– 〈롱 테이크〉 중에서

 빛으로 우물함을

    촬영장에 들어가기 전 머릿속에 현장의 그림을 대강 그려두면 장비 세팅이 훨씬 용이해진다. 〈롱 테이크〉 촬영 전 신혁은 '(예쁜 조명이 아니라) 세진 형 감정에 좀 더 집중할 수 있는 우중충하고 우울한 느낌을 원한다'고 말했다. 이를 위해 공간 전체의 색감은 차분하게 만들면서, 세진 형 머리 바로 위에 조명기를 올려 마치 주인공에게만 빛이 떨어지는 듯한 조명을 구성했다.

크로마키를 위한 조명 세팅에 메인 장면 조명까지, 어려움이 많았던 〈롱 테이크〉 촬영 현장.

〈롱 테이크〉는 후반부에 합성 작업이 예정돼 있어서 크로마키 촬영을 동시에 세팅했다. 크로마키를 위한 조명과 메인 장면을 꾸며줄 조명을 동시에 설치할 때 어려운 요소들이 꽤 많아서 만족할 만한 조명을 구성하기 위해 현장에서 신혁과 몇 시간 넘게 고생한 기억이 난다.

그래도 다 만들어진 작품을 볼 때면 언제나 흡족하다. 티키틱 영상 중에서 어두운 감정이 담긴 영상을 고르면 〈롱 테이크〉가 단연 눈에 띄는데 조명으로 그 감성을 잘 표현한 것 같다.

추추는 늘 우리보다 두 시간 일찍 집을 나와 장비를 한 트럭 대여해 온다. 그러면 현장에서 추추를 도와 조명과 촬영 장비를 세팅한다. 내 주 무대는 보통 후반 작업이다 보니, 촬영 날 내 역할은 전체적인 공간을 다루며 조명을 거들고 현장을 메이킹 카메라에 담는 만능 조연출이 된다.

조명 조립이 마무리될 쯤이면 대장이 시나리오 리딩을 시작한다. 늦은 새벽까지 만진 가이드 음악을 틀며 배우와 미리 연기 호흡을 맞춰본다. 이쯤부터 세진이 형이 미리 준비해온 여러 버전의 연기를 하나둘 꺼내놓기 시작하기 때문에 메이킹 카메라도 바쁘게 돌아야 한다.

다음으로는 대관한 카페의 가구를 카메라 바깥 귀퉁이로 싹 몰아넣은 뒤 텅 빈 공간 안에 카메라 화각에서 가장 보기 좋은 구조로 가구를 재배치한다. 〈롱 테이크〉에선 세진과 뒷 배경에 나오는 편집된 인물이 함께 보여야 해서 첫 컷의 세팅이 유독 중요했다. 카메라 각도가 한 번 바뀌면 그 방향의 모든 가구와 짐을 다시 옮겨야 한다. 다함께 다음 컷으로 이삿짐을 옮기는 동안 추추는 공들여 만든 조명을 허물고 새로운 각도에 맞게 대공사를 한다. 카메라 각도 하나 바뀌는데 고생 않는 이가 없다.

본심을 이야기하는 장면에서 쓰인 실제 배우들의 손글씨. 잘 쓰려고 하기보다 날 것 그대로를 담는 데 주력했다. 덕분에 감정이 훨씬 진하게 담긴 장면이 연출되었다.

집에 돌아오면 두 대의 메이킹 카메라로 하루 종일 담은 촬영 현장을 다시 쭉 훑는데 뭘 이리 많이 찍었는지 CCTV도 이런 CCTV가 없다. 물론 이 영상엔 현장의 사소한 잔 고생들은 미처 다 담기지 못했다. 이른 아침 추추가 장비 대여점에서 수많은 장비를 홀로 트럭에 싣는 모습이나 가이드 음악을 만지다 쪽잠을 청하는 대장의 모습 같은 것들 말이다. 메이킹필름과 달리 오늘도 롱 테이크인 제작 전선 속 잔 고생에 글로나마 잠깐 조명을 비춰본다.

후회의 노래

어제의 한심한 나와 듀엣하기

시험을 하루 앞둔 주인공 세진은 이제 와서 공부해봤자 늦었다는 생각에
책상에 앉아 딴짓에 빠진다. 순간 그의 옆에 나타나는 다음 날의 세진.
"그러지 마" 하고 과거의 자신에게 외쳐보지만 들릴 리가 없다.
속상한 다음 날의 세진은 홧김에 치킨과 감자튀김을 주문하는데,
이번에는 그 다음 날의 세진이 나타나 원망 섞인 목소리로 말한다.
"어제의 쟤를 만나면 말하고 싶다. 후회한다고."
계속해서 찾아오는 그 다음 날, 그 다음다음 날의 세진……
후회의 나날은 계속된다.

사실 나는 후회를 잘 하지 않는다. 자기 전에 '딱 맥주 한 캔만' 하고 시작했던 것이 두 캔, 세 캔으로 이어져 다음 날 찌뿌드드한 아침을 맞이할 때가 종종 있지만, 그렇다고 해서 뒤늦은 후회가 숙취를 사라지게 해주진 않기 때문이다. 하지만 만약 나의 후회가 〈인터스텔라〉처럼 과거의 나에게 티끌만치라도 전해질 수 있다면……. 아마 매일의 반절은 후회만 하며 보낼지도 모르겠다. 이런 상상에서 만들어진 것이 〈후회의 노래〉다.

〈후회의 노래〉는 구상부터 완성까지 딱 일주일밖에 걸리지 않은 작품이다. 떠오른 감을 정신없이 따라가다 보니 어느새 작업이 끝나 있더라. 작사와 작곡을 하는 데 반나절, 녹음하는 데 하루, 촬영에 또 하루가 걸렸고 나머지 시간은 편집과 마스터링을 하는 데에 썼다.

이번에는 수수하고 삼삼한 영상을 만드는 것이 목표였다. 구상 당시 고정된 화면 안에서 과거와 현재의 세진이 처음부터 끝까지 번갈아 등장하는 이미지를 제일 먼저 떠올렸는데, 이 위에 지나치게 긴 서사를 부여하면 이야기가 지루해질 것 같아서 군더더기를 덜어내고 최대한 짧고 굵은 영상을 만드는 데 집중했다.

음악 역시 화려할 필요가 없어서 최소한의 악기 구성만 가지고 작업했다. 영상에서 세진이 후회하는 대상도 거의 다 소소한 것들 뿐이기에 노래도 '미니 게임(게임 안의 또 다른 게임으로, 대개 짧고 직관적이다)'에서 들릴 법한 분위기로 만들어보고 싶었다. 비트도 되도록 울리지 않는 것을 쓰고 반주도 그 위에 가볍게 얹기만 하는 식으로 진행했는데, 결과적으로 줄거리에 딱 맞는 무게감이 형성되어 만족스러웠다.

작중 세진이 먹고 남은 치킨 뼈를 만들기 위해 촬영 전 모두 힘을 합쳐 치킨을 깔끔하게 발라먹는 임무를 수행했다. 촬영에 쓰이는 소품을 먹으면 3년 동안 재수가 없다는 소문이 있는데, 다행히 아직까지는 크게 불행한 일이 오지 않았다(지금 시점에서는 '공소시효'가 한 1년 반쯤 남았는데 그 안에 정말 무슨 일이 생기면 저 날을 후회해야 할까? "그으으러지 마……" 하고).

이 촬영에 대한 가장 인상적인 기억은 내 앉은키와 책상의 높이를 맞추기 위해 하루 종일 무릎을 꿇고 촬영했던 것이다. 책상 높이를 높여보려는 멤버들의 노력이 있었으나 '내가 무릎을 꿇으면 된다'고 괜히 아이디어를 내는 바람에 성장판이 대신 고생을

'어제의 나'와 대화한다는 설정을 위해 영상 위에 계속 띄워둔 달력 아이콘. 영상 상단에 디자인 요소가 들어가야 했기 때문에 화각을 위해 무릎을 꿇고 연기할 수밖에 없었다.

했다. 다음날 무릎이 너무 아파서 어제의 나에게 "그러지 마"라고 노래하고 싶은 정도였다. 아직도 나는 이 촬영만 아니었다면 앞으로 키가 2센티미터 정도는 더 클 수 있으리라 믿지만, 이는 만족스러운 영상을 만들기 위한 성장통이었다고 여기기로 했다.

개인적으로는 여자 친구와의 이별 장면 이후 계속해서 슬픔에 잠겨 있는 모습만 비춰지는 것이 아니라 마치 벌써 다 극복해낸 듯 밝은 모습, 곧이어 혼자서 펑펑 우는 모습이 섞여 표현되는 것이 좋았다. 이겨내려 애쓰다가도 잠깐 방심하면 무참히 무너지는, 그럼에도 다시 일어나려는 성장통의 흐름이 잘 담겨 있다고 생각한다.

우리는 과거를 기억하고 후회하지만, 과거의 우리는 미래에서 들려오는 우리 자신의 일방적 외침을 들을 수 없다. 같은 이유로 공부를 열심히 하지 않은 '어제의 나'에게 "그러지 마"라며 한심하게 바라보던 '오늘의 나'는 배에서 나는 꼬르륵 소리에 과거의 나와 하나도 달라지지 않은 표정으로 해맑게 야식을 시키고, '내일의 나'에게 들려오는 "그러지 마"에 전혀 반응하지 않는다. 그런 감정을 잘 표현해보려고 내일이 내게 들려주는 목소리에는 반응하지 않거나 쳐다보지 않는 연기를 했다(딱 한 번, 그럼에도 찾아올 내일을 기다리는 맨 마지막 장면만 빼고).

〈후회의 노래〉는 같은 장소, 같은 앵글 속, 같은 크기의 인물이 앉아 있는 장면이 지속된다. '조명만으로 이곳을 다른 시간대로 만들 수 있을까?' 이번 촬영이 던져준 물음이사 미션이었나. 물론 이런 작업이 처음은 아니었지만 화면 속 창문이나 시간의 흐름에 따라 바뀌는 소품 없이 그저 조명만으로 다이내믹한 차이를 만들기란 쉽지 않았다.

배경의 색만 바꾼다고 다른 시간대로 보이지 않을 것 같아서 최고의 광원인 햇빛을 이용했다. 화면엔 보이지 않지만 창문을 통해 들어오는 햇빛을 차단하거나 개방하여 인물에게 자연스러운 낮의 햇빛이 닿을 수 있게 연출했다(다만 해를 가릴 준비를 미리 해오지 않아 좀 고생스러웠다).

이번 촬영은 모든 컷이 인물 중심의 단순하고 정직한 화면 구성이었으므로 조명으로 전체적인 분위기를 잡는 것뿐 아니라 인물 조명 또한 신경을 썼다. 분위기 연출을 위한 배경 조명이 인물에 닿지 않게 하는 것이 중요했다(판타지 분위기를 위한 배경 사이의 조명 색이 인물에게 닿으면 어색한 빛이 연출된다). 사실 인물과 배경

같은 장소, 같은 앵글 속, 같은 크기의 인물이 유지될 수 있도록 장비들을 단단히 고정한 채 촬영한 〈후회의 노래〉 제작 현장.

의 거리가 좀 있었다면 해결될 일이었지만, 촬영 현장의 사정이 여의치 않았다. 결국 평소 급할 때 즐겨 사용하는 무드 등을 촬영용 스탠드에 결합해 높은 위치에서 인물 너머로 배경에만 빛이 닿을 수 있도록 했다.

세팅 자체는 기본에 가까운 조명이었지만 우리만의 느낌과 방식을 더해 진행했던 촬영이라 이후 작업에 적지 않은 영향을 끼쳤다고 생각한다.

〈후회의 노래〉는 어제의 나와 노래한다는 생소한 설정이기에 이를 직관적으로 이해시켜줄 장치가 필요했다. 내일의 내가 오늘의 내게 말을 건네는 걸 직관적으로 확인할 수 있는 방법은 뭘까? 고민 끝에 영상 위에 날짜를 계속 띄워놓기로 했다. 세진 형 머리 위의 달력 아이콘은 이렇게 이해를 돕는 정보의 역할로 탄생했다.

촬영장에서 세진 형이 화면 전환 커튼을 걷어 어제를 오늘로, 오늘을 내일로 넘길 때 그 손동작은 마치 달력을 다음 날짜로 넘기는 것 같아 보였다. 모션 그래픽motion graphic을 부르는 맏형의 요망한 손가락에 욕심이 입혀졌다. 본래 멈춰 있는 것으로 계획했던 달력 아이콘에 종이가 찢겨나가는 애니메이션 한 스푼을 얹었다.

전날 늦게까지 게임을 하거나 고민하던 야식을 먹은 걸 탓하던 귀여운 전반부에서는 달력이 힘차게 넘어가지만, 극의 후반부에 이별을 마주한 세진 앞에서는 달력 속 애니메이션도 한층 차분해진다. 획획 날아가던 낱장들이 감정의 변화와 함께 힘없이 아래로 떨어지도록 연출했다.

달력 속 마지막 날짜도 의도적으로 30일을 지나 1일이 되도록 계산했다. 늘 어제를 바라보며 '그러지 마'라고 후회하던 세진의 시선이 처음으로 아직 오지 않은 내일을 향할 때 그의 연기가 전하는 메시지에 디테일을 한 스푼 더했다. 날짜를 알려주는 달력의 기본 기능에 몇 스푼의 고민을 더해 단순한 정보 이상의 이야기가 담긴 감초 같은 애니메이션을 만들어낸 셈이다.

생각이 똑똑

잠 안 오는 새벽, 잡생각들과 노래하기

어느 늦은 밤, 여러 생각에 파묻혀 주인공은 쉽게 잠을 이루지 못한다.
'왜 그 친구는 내가 보낸 카톡을 읽고도 답이 없을까, 아까 봤던
드라마의 다음 화는 어떻게 흘러갈까, 전 남자친구의 인스타그램
속 머그잔 두 개는 뭐였을까, 아까 그 선배는 왜 내 인사를 못 본
척했을까…….'
고민들은 각각 친구, 드라마 속 주인공, 전 남자친구, 선배의 모습으로
나타나 주인공에게 계속 말을 건넨다. 마음이 복잡해진 주인공은
생각들에게 부탁한다. "이제 그만 떠나줄래?"

신혁 밤의 이야기

밤을 배경으로 한 이야기를 쓰는 것을 좋아한다. 앞서 언급했던 〈새벽 4시에 잠 안 올 때 부르는 노래〉를 작업할 때도 즐거웠고, 새벽 감성이 드러나는 〈왜 전화했지〉 시리즈 작업도 그랬다. 가수 앤씨아N.C.A와 크리에이터 유준호, 걸그룹 루나솔라의 지안과 함께 작업한 〈생각이 똑똑〉 역시 짙은 밤공기를 담으려고 많은 노력을 기울였던 작품이다.

쫓아내려고 하면 더 악을 쓰고 머릿속에 눌러앉는 미련이나 고민이 있다. 언젠가 이들에 대해 불청객 같다는 생각을 한 적이 있는데, 그때 처음 '고민을 의인화한다'는 아이디어가 떠올랐다. 여기에 살을 붙이니 '미처 끝맺지 못한 생각들이 찾아와 말을 건네는 바람에 잠을 이루지 못한다'는 줄거리가 쓰였고, 이것이 그대로 〈생각이 똑똑〉의 뼈대가 되었다. 제목은 말 그대로 생각이 '똑똑' 하고 문을 두드린다는 의미로 지었다.

영상 속 주인공의 고민은 각각 친구, 드라마 속 주인공, 전 남자친구, 선배의 모습으로 나타나 의미심장한 노랫말을 던지며 주인공을 잠 못 들게 한다. 주인공이 혼자 고민을 털어놓는 것이 아니라 고민이 직접 나타나 말을 거는 것이기에 가사의 화자도, 노래하는 주체도 반대가 되고 말았다. 예를 들면 친구가 주인공을

두 개의 머그잔, 하난 누구일까?
신혁을 '만인의 전 남친'으로 만들어준
〈생각이 똑똑〉작업.

보며 "아까 네가 보냈던 메시지, 난 읽고도 왜 답장이 없었을까?
혹시 우연히 내 상처를 건든 건 아닐까?"라고 노래하는 장면이
있는데, 실은 주인공이 '아까 내가 보냈던 메시지, 넌 읽고도 왜
답장이 없었을까? 혹시 (내가) 우연히 네 상처를 건든 건 아닐까?'
하고 생각에 잠겨 있던 것을 시점을 옮겨 표현한 것이다.

　상상 속이지만 타인의 입을 빌린 것은 끊임없이 누군가에게 추
궁 받는 듯한 그림을 만들어 주인공을 더 혼란스럽게 하고 싶은
목적이었다. 혼자 헤어진 연인을 생각하며 '너도 날 궁금해 할까?'
하고 끙끙 앓는 것보다 연인이 직접 다가와 "나도 널 궁금해 할
까?" 하고 휙 사라지는 상상을 하는 것이 더 잠이 확 깨지 않나.

참여한 아티스트들 모두가 늦은 시간에야 잠에 든다는 공통분모가 있어 재밌게 작업을 진행했다. 등장인물의 세부적인 콘셉트는 출연진의 보컬 톤과 연기 톤, 이미지, 영상 전체의 완급을 고려하여 모두 함께 채운 것이다. 다들 착 달라붙는 배역을 찾아 소화한 것 같아 뿌듯했다(나는 전 남자친구 역할을 맡아 노래했는데 이후 한동안 '만인의 전 남친'이라는 별명에 시달려야 했다).

이번 책을 쓰면서는 가상의 출판사 담당자님이 말을 걸어오는 상상을 했다. "제가 작가님께 좋은 말만 해 드렸죠? 뒤에서 삼켰던 말들이 있을 거라는 생각은 안 드세요?" 아……. 끝까지 성실하게 써야겠다.

'이 사람이 나를 싫어하나?' 생각하게 만드는 사람이 있다. 그런 사람은 아무 걱정 없이 뒹굴뒹굴하고 있을 때 머릿속에 불쑥 방문하곤 한다. 잠깐의 방문에도 찝찝한 뒷맛을 남기는 사람, 평소에도 나에게 유독 차가운 표정을 보여주던 사람이다. 늘 무슨 생각을 하는지 잘 모를 뚱한 표정으로 짧은 대답을 남기는 그 사람이 〈생각이 똑똑〉 속 내 역할이었다.

"내가 아까 네 인사 진짜 못 들은 걸까?
아니면 들었는데 못 들은 척한 걸까?
예전에 학식에서 마주쳤을 때도 안 받아줬지
셔틀버스 탈 때도 안 받아줬지
그 모든 일들이 다 우연일까? 과연?
너도 뭔가 이상하다고 생각은 했을 거야……"
– 〈생각이 똑똑〉 중에서

설정은 주인공인 앤씨아 님의 대학교 선배로 잡았다. 일단 대학교 과 점퍼처럼 보이는 야구 점퍼를 매형에게서 빌렸다. 선배라는 대사가 따로 없고 반말을 쓰니 시청자에게 선배인지, 동기인지 보여줄 도리가 없었지만 실은 어떻게 보이든 상관없는 역할이었다. 중요한 것은 오려던 잠도 깰 만큼 불쾌한 뒷맛을 선사해야 한다는 점이었다.

스쳐가는 짧은 역할이지만 잘 하고 싶었다(연예인! 앤씨아 님이 보고 있다!). 준비한 대로 차갑게 대사를 했는데, 편집되었다. 너무 무섭다는 이유로. 대신 장난기를 조금 더 머금은 버전이 최종 채택되었다. 쳇, 난 잘못한 게 없다. 내 머릿속에 그런 무서우리만큼 차가운 이미지로 존재하고 있는 사람들이 잘못한 거다. 난 다른 이들이 머릿속에 그런 느낌으로 떠올리는 사람이 되지 말아야겠다.

새로움은 무거운 편

이전 촬영에선 혼자 장비를 전담해야 하는 한계와 장소 이동 시 기동성을 고려해 가능한 한 가볍게 장비 목록을 짰다. 하지만 〈생각이 똑똑〉은 한 장소에서 촬영했고 힘을 좀 들여야 하는 작업(아이디어 회의를 할 때면 포스트잇을 색깔별로 붙여 작업의 난이도를 결정하는데, 이런 고난이도 작업은 보통 '빨간 포스트잇'으로 불린다)이어서 무겁고 큰 장비들을 추가했다. 다행히 함께한 지인들이 촬영 도우미로 협력해주어서 무리 없이 진행할 수 있었다.

장비가 많아진 만큼 새로운 시도들도 가능했는데, 화면을 전환하는 트랜지션transition을 후반 편집 작업에서가 아닌 촬영 현장에서 시도했다(이는 〈후회의 노래〉 때 먼저 시도해본 것이다). 빛이 지나가면서 마치 화면을 분할하는 것 같은 효과를 내려면 서로

빛으로 화면을 분할해봤던 〈생각이 똑똑〉 스틸컷.
각각의 생각마다 달라지는 인물에 따라 조명 색도 바뀌게 했다.

다른 조명을 날카롭게 나누어 쏘아야 했기 때문에 평소 쓰던 조명 장비가 아닌 빔 프로젝터의 강한 투사력을 이용했다. 후반 편집 작업으로 나뉘는 화면과 비교했을 때 화면 안의 입체적인 굴곡까지 드러나는 재밌는 효과가 완성됐다.

그 외에도 메인 장면을 찍는 카메라는 고정해두고, 다른 장면들을 촬영하기 위해 두 번째 카메라를 쓰기도 하고(그동안은 기동성을 고려해 한 대의 카메라로 찍는 것이 보통이었다), 잠들지 못하는 새벽 감성을 표현하기 위해 블랙 프로미스트 필터black pro-mist filter를 렌즈 앞에 달아 부드러운 빛을 표현했으며, 흔들림 없이 이동하며 촬영하기 위한 장비인 달리dolly 위에 카메라가 아닌 각종 소품을 올려놓고 이동시키며 마치 공연의 장면 전환 같은 효과까지 노려보기도 했다.

〈생각이 똑똑〉을 작업하며 매번 스스로의 한계를 뛰어넘는 새로운 시도들을 할 수 있다는 걸 알게 되었다. 다음엔 어떤 시도를 하게 될지 궁금해진다.

은택 🐑 **무대가 전환되는 순간**

티키틱 작품 대부분은 현실을 무대로 한다. 그래서 뮤지컬이라는 장르를 차용하고 있지만 되도록 작중 상황을 해칠 만큼 지나치게 판타지스러운 연출은 지양하는 편인데, 몽환적인 새벽 분위기의 이번 작품이라면 조금 더 과감한 상상을 미술로 녹여볼 수 있겠단 생각이 들었다.

화면 구성은 뮤지컬 공연의 무대 미술, 그중에서도 특히 무대 전환에서 받은 영감에 착안했다. 내가 시각적으로 매료됐던 뮤지컬 대부분은 무대의 큰 틀은 유지하면서 외벽의 구조나 소품의 배치만을 달리해 전혀 다른 장소를 만들어내곤 했는데, 그럴 때 무대 전환 과정을 숨기기보다 미술의 일환으로 활용한다.

　그래서 〈생각이 똑똑〉 주인공의 잡생각들이 의인화되어 등장할 때마다 침실이라는 한정된 공간을 소품만 바꿔가며 새로운 공간으로 묘사했다. 미술과 조명이 시시각각 바뀌며 침실은 드라마 촬영장이 되었다가 상상 속 카페가 되었다가 퇴근길에 들렀던 포장마차로 변한다.

　조명과 소품이 침실에 상상을 입히는 동안 앞뒤로 움직이는 카메라 무빙이 더해져 공간을 입체적으로 보여주는 화면 전환 연출이 탄생했다. 한 공간에 두 장소가 겹쳐지는 연출이 현실과 잡생각의 경계에 있는 몽환적인 분위기에 녹아들어 작품을 더 풍성하게 만들어줬다. 다채로운 배경 덕분에 캐릭터가 도드라지면서 눈도 동시에 즐겁다.

"오늘도 새벽은 왔고
기다렸던 잠 대신에
끝맺지 못한 하루의 남은 생각이
찾아와 말을 건넨다
물어볼 수 없는 일들
똑똑 생각이 똑똑
이제 그만 떠나줄래
놓아주면 갈게"
-〈생각이 똑똑〉 중에서

매직 카펫 라이드

소심한 회사원의 인생 역전 백일몽

소심한 회사원 재훈은 오늘도 상사의 터무니없는 요구에 찍 소리 못하고
야근을 한다. 잠시 간식을 사러 들른 편의점에서 알 수 없는 기분에
이끌려 복권 한 장을 집어든 재훈. 아무도 없는 회사로 돌아와 혹시나,
하는 마음에 사온 복권을 긁어 보는데…… 세상에, 1등 당첨이다! 다음
날까지 충격 속에서 안절부절 못하던 재훈은 계속되는 상사의 잔소리에
결국 이성의 끈을 놓아버리고 만다. "나 그만두련다. 이 $%@!!!"
회사를 박차고 나와 일확천금의 상상 속에 빠지는 재훈. 흥에 취해
신나서 목소리를 높여 노래하고 춤을 추다가 그만 손에 들고 있던
복권을 찢어버리고 만다. 순간 모든 것이 물거품처럼 사라지고, 넋이
나간 표정의 재훈만이 덩그러니 남겨진다.

〈매직 카펫 라이드〉는 티키틱의 첫 '커버(기존의 노래를 다시 만들거나 부르는 것)' 도전 작이다. 음악 크리에이터라면 대부분 커버 콘텐츠를 자주 만들게 되는데, 우리는 매번 직접 노래를 쓰다 보니 커버를 시도할 틈이 좀처럼 나지 않았다.

오래 전부터 '언젠가 커버를 하게 된다면 꼭 주크박스 뮤지컬 (기존의 대중음악을 활용해 만든 뮤지컬) 같은 작품을 만들어보고 싶다'는 꿈이 있었다. 〈맘마미아〉나 〈그날들〉처럼 단순한 편곡을 넘어 새로운 드라마가 가미된 단편 뮤지컬을 만들고 싶었던 것이다. 게다가 첫 커버 곡은 꼭 자우림 선배의 〈매직 카펫 라이드〉로 하고 싶다는 생각도 이미 예전부터 하고 있었다. 평소 그분들의 팬인 것도 있었고, "이렇게 멋진 파란 하늘 위로" 시작하는 가사를 들을 때마다 일탈을 꿈꾸는 누군가의 이미지가 머릿속에 그려졌기 때문이다. 이 상상을 그대로 옮겨 시나리오와 편곡 작업을 다 마치자 이런 생각이 들었다. '이거, 우리가 감당할 수 있는 규모인가?' 그래도 무식하면 용감하다고, 일단 뛰어들기로 했다.

주인공 재훈 역에는 실제 뮤지컬 배우로 활동하고 있는 전재현 형을 섭외했다. 출연작인 〈이블데드〉나 〈킹키부츠〉에서 보여주었던 파워풀한 모습이 누구보다 재훈에 어울릴 것 같았기 때문

티키틱의 첫 커버 곡. 강렬한 포스를 지닌
뮤지컬 배우 전재현 형의 열연이 돋보였다.

이다. 화면을 화려하게 채울 안무는 뮤지컬 배우 송유택 형의 도
움을 받았고, 재훈을 유혹하는 복권 속 모델 역할로는 음악 크리
에이터 조매력을 섭외했다. 앙상블 배우들은 내가 몇 년 전 한 창
작 뮤지컬의 음악감독이었을 때 함께 무대에 올랐던 배우들을 그
대로 다시 불러 모았는데, 예전보다 실력이 상상 이상으로 늘어
있어 놀랐다. 서로의 성장을 체감한다는 것이 신기해서 작업하던
도중에 괜히 몇 번 감동을 받았다.

엔딩 크레디트는 실제 뮤지컬이 끝난 뒤 등장하는 '커튼 콜'을
그대로 영상에 옮긴다는 느낌으로 구성했다. 신나는 음악 속에서
마지막 인사를 전하는 배우들과 제작진의 모습을 차례로 보여주

어, 참여한 모두에게 빠짐없이 박수갈채를 선물하고 싶었다. 영상을 다 만들고 나서도 이 커튼 콜 부분만 몇 번을 다시 돌려본 기억이 난다. 다들 너무 즐거워 보여서. 빛나 보여서.

세진 불쌍한 어린 팀장

티키틱 영상에서는 주로 '대학생 오세진' 역할을 맡았던 터라 다른 인물을 연기한 첫 영상이라고 할 수 있다. 주인공 재훈에게 얄밉게 구는 '팀장 신지택'을 연기했는데 그의 이름은 신혁, 지웅, 은택에서 한 글자씩 따왔다.

처음에는 팀장 역할을 하기에 내가 너무 어려 보이지 않을까 걱정했지만 주인공 재훈의 입장에서는 자기보다 어린 팀장이 자신을 괴롭히는 것이 더 얄미워 보일 수도 있겠다 싶었다.

촬영 전까지 '어느 정도의 선까지 얄미워야 한 대 때리고 싶으면서도 마냥 미워할 수만은 없는 인물이 될까' 고민이 많았다. 어눌한 말투로 사람을 답답하게 만드는데 착하지도 않은 팀장? 싸늘한 표정으로 팀원들에게 무안을 주는 팀장? 촬영을 앞둔 어느 날, 이신혁 감독이 '팀장'이라 적힌 배지를 구해 와서 가슴에 이걸 다는 것이 어떠냐고 했다. 그리고 그걸 가슴에 다는 순간, 이 인물의 비어 있던 한 조각이 맞춰졌음을 느꼈다.

어린 나이에 입사하여 부족한 업무 능력으로 사고만 일으키던 그에게 살아남을 수 있는 길은 사내 정치뿐이었다. 그렇게 지금의 직급을 얻어내고, 일은 아랫사람들에게 다 떠맡기면서도 어리다고 무시당하기는 싫어서 더욱 더 직책을 내세우는 얄미운 팀장. 능력 없는 자신에 비해 맡은 직책이 얼마나 무겁고 불안하면 팀장이라 적힌 배지까지 달고 회사에 출근하겠는가. 알고 보면 불쌍한 어린 팀장이다. 물론 영상을 본 분들은 '걔가 그런 애였어? 전혀 그렇게 안 느껴졌는데?' 하실 수 있다. MSG 맛이란 게 원래 그런 거다.

신지택 팀장: 수정사항이 들어왔어요. 예, 처음부터 다시.
재현: 저 근데 주말에 약속이 있어서.
신지택 팀장: 오, 잘됐다. 오늘까진데. 힘내요, 재현 씨 믿어요.

빨간 스타트 라인

마치 뮤직비디오와 같은 스케일의 기획과 구성을 확인하고 나서는 촬영 준비 과정도 비장해지기 시작했다. 전에 없던 대량의 출연진과 그에 걸맞은 드넓은 촬영 장소, 그곳을 채우기 위한 대규모의 촬영 장비들이 필요했다. 제작진에게 가장 힘든 촬영이란 무엇일까? 역시 촬영 시간이 가장 긴 촬영일 것이다. 대부분 하루 내로 촬영을 끝내는 우리였지만 〈매직 카펫 라이드〉만큼은 이틀로 나누고도 꽉 찬 일정을 소화해야 했다.

촬영 내내 서로를 다독이고, 촬영이 끝난 후 서로에게 저절로 '고생했다'며 메시지를 보내기 바빴던 정말 힘든 촬영이었다. 이후 이 촬영의 난이도는 우리가 힘든 촬영이 될 것을 예상하는 '빨간 포스트잇'의 기준이 되어 아직까지 회자되곤 한다.

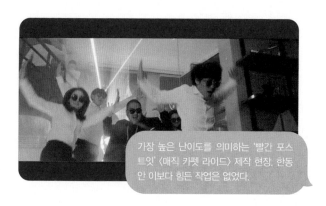

가장 높은 난이도를 의미하는 '빨간 포스트잇' 〈매직 카펫 라이드〉 제작 현장. 한동안 이보다 힘든 작업은 없었다.

복권에 숨은 마법

〈매직 카펫 라이드〉에서 가장 중요한 소품은 바로 '1등에 당첨된 복권'이다. 복권 긁는 장면을 위해 여러 장의 복권 소품을 만들었는데, 지인을 만나면 가끔 남은 복권을 긁어보라고 건네주곤 한다. 하지만 열심히 긁어봤자 아무것도 나오지 않는다. 사실 이 소품은 스크래치를 위한 특수 코팅을 사용하지 않았다. 애초에 긁을 수 없는 가짜 복권으로 여태 최소 열 명은 속아 넘어가주었다. 촬영용 복권을 이렇게 만든 것에는 사실 재밌는 잔머리가 숨어 있다.

후반부에 복권을 찢는 장면이 있다 보니 처음에 긁은 복권 소품이 손상되면 긁힌 모양이 계속 달라져서 곤란했다. 복권을 긁는 장면에서는 어차피 동전을 쥔 손에 복권이 가려지기 때문에 실제로 긁는지 아닌지 알 길이 없다. 컷이 넘어가는 사이 긁힌 복권으로 바꿔치기를 하면 그만이니, 긁을 수 있는 복권을 만드는 대신 똑같은 모양으로 이미 반쯤 긁힌 복권을 여러 장 인쇄하기로 했다. 여기에 복권 속 모델이 살아 움직이는 영상을 작업하기 위해 모델이 인쇄된 복권과 그렇지 않은 복권까지 준비했다(영상 속 복권 한 장을 위해 네 종류의 복권 소품을 만든 셈이다).

모델이 인쇄되지 않은 복권에 크로마키 앞에서 연기한 장면을 엇어 마법 같은 장면을 만들었다. 이 장면이 속임수가 빤히 보이는 아마추어 마술쇼가 되지 않으려면 디테일이 필요하다. 모델과 복권이 완전히 한 몸이 되도록 복권 종이의 재질부터 복권을 긁는 손의 그림자까지 그래픽 위에 현실 속 질감을 담아냈다.

철저한 계산(?) 아래 완성된 복권 장면. 조매력 형의 찰떡같은 연기가 어우러져 재미있는 장면이 완성되었다.

어쩌면 누구도 신경 쓰지 않을 디테일에 새벽까지 시간을 들이는 이유는, 어설픈 그래픽이나 옥의 티가 주는 위화감에 눈길을 뺏겨 작품 감상에 방해받지 않기를 바라는 마음이다. 〈매직 카펫 라이드〉를 보는 모두가 작은 불편함 없이 마법 같은 멋진 이야기에 푹 빠져들었으면 좋겠다.

오늘의 노래

해가 뜨면, 그래, 다음 장으로

"오늘의 무대가 막을 내리면 잠깐 딴 길로 새자, 흥얼거리다 가자.
어쩌면 모두가 비슷할 거야. 아쉬움은 두고 다음 노래로. 해가 뜨면,
그래, 다음 장으로."

티키틱이 데뷔 1주년을 앞두고 있을 무렵이었다. 우리의 '중간 점검'과도 같은 노래를 한 곡 쓰고 싶었다. 우리가 어떤 마음으로 1년을 걸어왔고, 앞으로 어떤 마음으로 어느 곳을 향할 것인지 이야기해줄 수 있는 노래. 그래서인지 〈오늘의 노래〉를 작업할 때는 유독 긴 편지를 쓰는 기분이 들었다.

그동안 꾸준히 누군가의 '오늘'을 전해오면서 나름대로 느꼈던 것이 두 가지 있다. '모든 오늘이 즐거울 수는 없다'는 것과, '모든 하루에는 끝이 있다'는 것이다.

〈오늘의 노래〉를 떠올리면 주로 가사에 대해 이야기하고 싶어진다. 이 작품에 사용한 노래 자체는 밝은 분위기에 통통 튀는 멜로디를 가졌지만, 그렇다고 해서 이 곡이 마냥 기쁜 이야기만 전하는 것은 아니기를 바랐다. 그동안의 삶에서 행복했던 날의 기억만큼이나 그렇지 않았던 날의 존재감도 꽤 크기 때문이다. 또, 행복했던 날이 소중한 만큼 행복하지 않았던 날 역시 우리의 인생을 이루는 소중한 날들이다. 둘 중 한 쪽의 이야기만 적는다면 거짓말이 될 것 같았다. 그래서 가사를 통해 우리는 어쩌면 '웃음 속에서든 우울의 끝에서든 그냥 지금의 노래를 하'고 있는 것일지도, '노을빛을 보든 비를 맞고 있든 그냥 오늘의 노래를 하'고 있는 것일지도 모른다고 말했다.

이 노래는 하루의 모든 것이 끝났을 때의 이야기다. 아침에 힘차게 현관을 나설 때와 할 일을 모두 마치고 집으로 돌아갈 때의 기분에는 적든 크든 차이가 있다. 설령 미처 다 끝내지 못한 일이나 정리하지 못한 감정이 남아 있어서 오늘을 계속 붙잡아두고 싶다고 한들 어쩌겠나. 내일은 모두에게 똑같이 찾아오는 것을. 노래의 마지막에 적어 두었듯 '아쉬움은 두고 다음 노래로, 해가 뜨면, 그래, 다음 장으로' 걸음을 옮겨야 하는 것이다.

영상은 멤버들이 노래를 부르는 장면만 따로 날을 잡아 촬영했고, 나머지는 첫 1년 동안의 모든 촬영분에서 출연진들이 장난을 치거나 웃음을 터뜨리는 등 유독 '솔직한 모습'을 보인 장면만을 골라 삽입했다. 끝 부분에는 이들의 셀프 카메라를 모아 합창 장면을 연출했는데, 아직도 볼 때마다 코가 찡해지곤 한다.

글을 마무리하니 벌써 또 새벽이다. 남은 일을 마무리하고 천천히 잘 준비를 해야겠다. 우리의 오늘이, 우리와 함께 무대를 만들었던 다른 모든 이들의 오늘이, 우리의 이야기를 기억에 남긴 당신의 오늘이 모두 가치 있는 것이었기를, 진심으로 바란다.

"오늘의 무대가 막을 내리면
잠깐 집 밖에 나와 작은 파티를 열자
어쩌면 모두가 비슷할 거야
아쉬움은 두고 다음 노래로
해가 뜨면 그래 다음 장으로"
– 〈오늘의 노래〉 중에서

 모두의 생일파티

사실 연기랄 것도 없는 촬영이었다. 그냥 팀의 탄생 1주년을 자축하며 우리끼리 즐겁게 노래를 부르면 그만이었다. 이신혁 감독 또한 '즐겁게, 신나게'를 제외하고는 주문도 거의 없었다. 그렇게 그날 하루 최선을 다해 즐거웠던 기억이 나는데, 그 자체로 참 〈오늘의 노래〉와 잘 어울리는 촬영이 아니었나 싶다. 모두의 목소리가 들어간 음원을 스튜디오에 빵빵하게 틀어놓고 신나게 노래를 부르니 NG가 나도 깔깔깔, 힘들어도 깔깔깔, 초등학생이

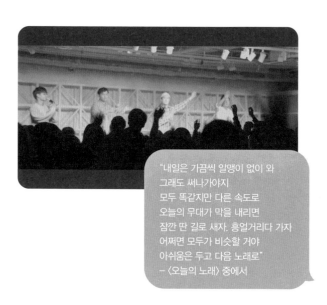

"내일은 가끔씩 알맹이 없이 와
그래도 써나가야지
모두 똑같지만 다른 속도로
오늘의 무대가 막을 내리면
잠깐 딴 길로 새자. 흥얼거리다 가자
어쩌면 모두가 비슷할 거야
아쉬움은 두고 다음 노래로"
– 〈오늘의 노래〉 중에서

쓴 일기의 마지막 줄처럼 '참 재미있었다'.

나라는 한 개인의 생일파티는 매년 돌아오지만 '우리'가 공유하는 생일파티라는 건 살면서 경험하기 힘든 일일 거다. 특별히 신경 쓴 부분이 있다면, 출중한 세 인물들 사이에서 참 괜한 걱정이지만, 내 행동이 혹여 튀어 보이지 않을까 자제했던 것? 이 노래는 나를 위한 것이 아니라 늘 나를 조명해주었던 카메라 뒤의 세 형제와 같이 부르는 생일 축하곡이었기 때문이다.

축하의 조명을 비추다

〈오늘의 노래〉 촬영을 앞두고는 화면에 어떤 분위기를 줘야 우리 스스로를 축하하는 영상에 걸맞을지를 고민했다. 신혁이 요청한 분위기는 마치 스튜디오에서 프로필 사진을 찍는 듯 자연스럽게 앉아 노래하는 분위기였다.

우리가 주로 만들어온 영상에는 인물의 얼굴에서 어두운 곳과 밝은 곳이 적절한 대비를 이뤄 입체적으로 보이게끔 하는 조명이 대부분이었다. 반면에 〈오늘의 노래〉는 사방이 하얀 채로 빛을 전부 반사시켜주는 스튜디오에서 촬영한 터라 얼굴의 명암 대비가 거의 없는 깔끔한 화면 구성으로 진행했다.

또한 장면 대부분에서 카메라가 멈춰 있는 게 아니라 계속해서 움직이며 인물들을 골고루 담아내어, 마치 한 명 한 명 전부 주인공처럼 노래를 부르는 장면들이 연출됐다.

영상의 타이틀에는 팬들이 1주년 기념으로 선물해준 케이크가

자연스러운 분위기를 연출해낸 〈오늘의 노래〉 촬영 현장.

나온다. 본래 이 케이크에는 초가 꽂혀 있지 않았다. 케이크를 화면에 예쁘게 담고 싶어 조명을 세팅하는데, 아무리 해도 원하는 분위기가 나오지 않았다. 역시 케이크는 초가 필요한가 싶어 초를 꽂으려 했지만 단단한 슈가크래프트 케이크(오랫동안 보관이 가능한 공예품 케이크)라서 초를 다는 데 고생을 꽤나 했다. 결국, 멤버 수처럼 4개의 초를 달고 나서야 분위기 있는 멋진 타이틀 장면이 완성되었다. 지금까지 설치해본 조명 중 축하하는 분위기를 가장 잘 나타내주는 감성적인 조명이었다.

 은택 **오늘의 모습에 눈을 맞추며**

티키틱을 시작하고 1주년을 맞는 오늘, 랜선으로 노래를 보내준 역대 출연진들과 함께 첫 돌을 기념하는 노래를 부른다. 오랜만에 네 명의 조합으로 카메라 앞에 섰다. 매번 작품을 위해 새로운 곡과 이야기를 만들다 보니 네 사람이 함께 노래 부르는 일은 〈시청자와 노래로 Q&A 주고받기〉 영상 말고는 보기 힘들었는데 반가운 그림이다.

'이야 다들 옷도 예쁘게 입었네.' 첫 티저 영상을 찍던 1년 전과 비교해보면 패션 센스가 제법 알록달록해졌다. 그 사이 네 사람의 캐릭터도 하나둘 생겨 아껴주시는 분들이 늘었다. '감독이 캐릭터가 될 수 있을까?' 걱정했던 날들을 뒤로 하고 네 명의 감독이 카메라에 나온다.

멜로디부터 타이틀 레터링까지, 티키틱이 그간 쌓아온 브랜드 정체성을 영상 안에 모두 넣고자 애썼다. 〈오늘의 노래〉 영상 사이사이 지금까지 만든 반가운 작품들의 비하인드 컷이 지나간다. 그간 쌓아온 작품들, 함께한 배우들, 티키틱을 상징하는 브랜드 아이덴티티, 신혁, 세진, 추추, 은택 한 명 한 명의 캐릭터와 우리를 아껴준 구독자 분들도 담겼다. 1년 새 쌓아온 것들이 참 많다. 1주년의 티키틱을 기억하는 헌정 곡, 오늘을 함께해준 당신에게 바칩니다.

다음 장에도 쭉 함께해요~!

티키틱으로 함께한 지 꽤 시간이 흘러서일까?
어느 정도는 서로를 있는 그대로 받아들일 수 있게 되었다.

3부

백스테이지 ····

무대 뒤에서
시작되는
진짜 무대

1장

푹 빠졌다 나올 때
건질 수 있는 것
_신혁

아이디어의 원천

가끔 인터뷰 자리에 나가면 "아이디어가 떠오르지 않을 땐 어떻게 하시나요?" 하는 질문을 받는데, 그럴 때면 매번 "그냥 살아보는 것 외에는 답이 없더라구요" 하고 웃는다. 뭔가 창의적인 사고방식이 있을 거라 기대한 분들께는 죄송한 말이지만, 이건 정말이다. 평범한 순간을 노래하는 티키틱이다 보니, 그만큼 평범한 삶을 내밀히 들여다봐야 한다고 생각한다.

'평범'은 무엇일까? 기준을 정하는 건 결국 자기 나름이다. 누구의 인생에든 남에게는 낯설게 느껴질 수 있지만, 자신에게는 지극히 일상적인 순간들이 하나둘쯤 있다는 이야기다. 내게도 그런 순간들이 몇 개 있다. 그중 하나가 '덕질'이다.

누구나 좋아하는 것에 탐닉해본 경험은 있을 것이기에 나만 유독 별나다고 말하고 싶지는 않다. 다만 남들에 비해 더 꾸준하고 깊은 덕질의 삶을 고수해왔다고 생각한다. 좋아하는 대상은 가수든 영화든 가리지 않고 시시각각 바뀌지만, 늘 무언가에 빠져서 가능한 한 많은 정보를 캐낸다. 그 시작이 언제부터였는지 기억나지 않을 정도로 오래된 습관이다.

언젠가는 드라마 〈비밀의 숲〉을 보다가 갑자기 흥미가 생겨 등장 배우들의 필모그래피를 모두 검색해 스크랩해두었고, 지금 쓰고 있는 이 단락을 마무리하고 나면 일본 드라마 〈한자와 나오키〉의 새 시즌을 몰아서 볼 예정이다. 성격상 이번 시즌을 다 보고 나면 첫 시즌부터 다시 한 번 정주행을 시작할 가능성이 크다. 어떤 이에게는 필요 이상으로 시간과 에너지를 쓰는 활동으로 보일 수 있지만, 웬걸, 의외로 이런 애정과 파고듦이 창작의 영감이 되는 때가 생각보다 자주 있다.

대학 신입생 시절엔 난데없이 서부 영화 OST에 빠져들었다. 영화는 보지 않고 음악만 찾아서 듣기도 했다. 친구들과 술자리를 가진 어느 날이었다. 평소처럼 가장 좋아하던 서부극 노래 몇 곡을 들으며 신촌 한복판을 걸어가다가 별안간 '푸학' 웃음이 터져 나왔다. '이따가 애들을 만나면 또 술 게임을 벌이면서 네가 죽나 내가 죽나 하겠지' 하고 생각하던 참이었는데, 동시에 흘러나오던 비장한 음악이 그 상황과 너무도 절묘하게 맞아떨어졌던 것이다. 그 자리에서 〈알콜 전쟁〉이라는 영상(표준어로는 '알코올'이 맞지만)의 줄거리 초안이 나왔다. 서부극 음악 특유의 리듬에 맞춰 술자리에서 많이들 하는 '눈치 게임'을 한다는 아이디어도 같이 녹여냈다.

연출 공부를 할 겸 좋아하는 영화들을 컷 단위로 잘게 끊어 분석해보던 때도 있었는데, 어느 순간 엔딩 크레디트가 등장하기 직전에 마지막 장면들이 대체로 비슷비슷하다는 걸 발견했다. 특히 할리우드 영화를 볼 때 더 심하게 느꼈는데, 극이 마무리되는 시점에 광활한 풍경을 슬로 모션으로 보여주거나, 죽었다고 생각했던 악당이 갑자기 눈을 확 뜨거나(혹은 멈췄던 폭탄의 전원이 다시 켜지기도 한다), 불쑥 새로운 인물이 나타나 속편을 암시하는 등의 흔한 패턴들이 보였다.

장난기가 발동해 이 장면들을 전부 욱여넣은 시나리오를 썼다. 평범한 영화라면 보통 이때 끝나야 하는데 어물쩍 다시 다음 컷으로 이어지는, 그래서 결국 구구절절 새로운 엔딩 장면만 계속되는 영상 〈안 끝나!〉가 이렇게 탄생했다. 그럼 이 이야기는 어떻게 끝나냐고? 주인공 두 명이 배고프다고 구시렁대는 장면을 그냥 중간에서 뚝 끊어버렸다. 줄곧 기다렸다가 약만 오른 분들께 아직도 죄송한 마음이다.

나는 창작자인 시간을 빼면 늘 열렬한 시청자다. 내게 영감 혹은 자극을 주었던 이들을 가끔 운이 좋게 일터나 사석에서 만나면 항상 존경과 감사를 꾹꾹 담아서 잘 보고, 잘 듣고 있다는 인사를 전한다. 하지만 반대로 누군가가 나의 족적에서 영감을 받았다는 이야기를 들으면 어떤 표정을 지어야 할지 모르겠다. 당연히 감개무량한 마음이지만 아직은 부끄러움도 만만치 않다. 아마 이 감정에 평생 익숙해지지는 못할 것 같다.

늘 무언가에 푹 빠지면 그만큼 무언가를 건져서 올라왔다. 크든 작든 모두 나의 삶을 채워준 것들이었다. 혹시 내가 일궈놓은 아직은 작은 세상에도 관심을 가지는 이가 있다면, 당신도 꽤 괜찮은 것만 가지고 돌아갔으면 좋겠다. 누가 건져 올려도 아쉽지 않을 것들만을 준비해놓고 기다리겠다.

오랜 덧칠 끝에 찾아낸
나의 색

강연을 하거나 라이브 방송을 켜면 크리에이터를 꿈꾸는 분들의 질문이 쏟아지곤 한다. 워낙 정답이랄 게 없는 분야다 보니 그럴듯한 조언을 하는 게 어렵다. 애초에 이러면 좋다, 저러면 좋다고 말하는 게 서툰 성격이어서도 더 그렇다.

대신 늘 강조하는 말은 있다. 바로 '확고한 색'을 정하라는 것. 이 부분은 무엇보다 중요하다고 생각해서 직접적으로든 간접적으로든 늘 빼놓지 않는다(스스로의 정체성을 직관적으로 설명하는 데에 '색'보다 훌륭한 비유를 아직 찾지 못했다). 창작자가 가진 확고한 정체성은 타인의 시선을 통해 '특색'으로 기억되기 때문이다.

특색이란 참으로 오묘한 것이다. 카페에서 흘러나오는 노래를 듣다가 '이거 누가 만든 것 같은데' 하고 생각해서 검색했는데, 실제로 그 사람이 맞아 반가웠던 적이 몇 번 있다. 누군가는 그림이나 영화를 보며 비슷한 경험을 했을 것이다. 그 순간에 낯익은 감정을 느꼈던 이유를 되짚어보면 그 아티스트만의 특징적인 표현

때문인 경우도 있지만, 뭔가 말로 설명하기엔 어려운 '느낌적인 느낌'이 섞여 있기 때문인 경우도 많다. 주로, "그 왜 있잖아, 이러이러한 느낌……" 하며 시작하는 것들이다.

나 역시 시청자들에게 어떤 모습으로 비춰지고 있을지 늘 고민하고 궁금해한다. 예전에 비해 '이신혁이 쓴 노래답다'거나 '이신혁의 연출이 보인다'는 이야기를 듣는 때가 많아지기는 했다. 모두 칭찬으로 해주는 말들이라 들으면 감사하다가도, 틀에 박히면 안 된다는 생각에 어깨가 무거워져 밤잠을 못 이루는 생활을 반복한다. 다행히 아직까지는 낙관적인 쪽으로 결론이 지어진다. 그래도 내 개성이 어느 정도 자리 잡았다는 뜻이라고 생각한다.

돌이켜 보면 연출자로서, 싱어송라이터로서 나의 색은 이미 처음부터 존재했던 것 같다. 이건 나뿐 아니라 어느 누구에게나 해당되는 이야기다. 시간을 두고 충분히 덧칠하지 않아 눈에 띌 만큼의 채도를 갖지 못했을 뿐이다.

2014년에 만든 〈통화중〉이라는 작품이 있다. 지하철 안에서 시끄럽게 통화하는 네 명의 목소리가 어느 순간 화음을 이루어 아카펠라를 부른다는 내용의 단편 뮤지컬 영상이었다. 네 인물의 서로 다른 상황을 전달하기 위해 가사도 네 개를 써서 각 성부에 따라 다른 내용이 들리도록 연출했다.

이 콘셉트를 다른 상황에도 적용해볼 수 있을 것 같아서 그다음 해엔 고백하는 사람과 고백 받는 사람, 그리고 멀리서 그 상황을 지켜보는 또 다른 인물의 대화를 아카펠라로 풀어낸 버전을 만들었다. 그다음엔 4개 국어로 축구 중계를 하는 〈중계중〉을, 또 그다음엔 사회 초년생들의 한숨 섞인 독백과 대화를 담은 〈독립하는 중〉을 만들었다. 카페 손님들이 직업별로 SNS에 적는 해시태그만 가지고 똑같이 '4중 가사'를 쓴 〈해시태그〉도 만족스러운 시도였다.

아무튼 몇 년에 걸쳐 〈통화중〉의 다양한 버전을 만들 때마다 부족했던 점을 보완하고 새로운 연출을 시도해왔다. 그간 만든 '~중' 시리즈를 다시 보니 매번 다양한 빛깔을 칠해가는 와중에도 한 군데, 여전히 같은 색이 계속해서 덧씌워지는 부분이 있었다. 노래의 화성 진행이나 영상의 특정 구도처럼, '이번엔 이렇게 해볼까' 하고 시도한 결과 중에 자연스럽게 패턴화되고 교집합이 된 것들이 모여 하나의 색을 발하고 있던 것이다.

물론 이것은 크리에이터로서의 나를 구성하는 수많은 줄기 중 하나일 뿐이다. 하지만 다른 굵직한 줄기들 역시 이 하나의 원리에 의해 만들어지지 않았나 생각한다. '꾸준히 겹쳐 칠하는 것' 말이다. 그렇다고 이걸 완성이라고 말하기에는 아직 멀었다고 생각한다. 지금은 응고될 틈 없이 모험을 즐겨야 할 단계이기도 하고, 구상만 했지 아직 붓도 들어보지 못한 일도 많이 남았다.

창작자의 입장에서 다시 말하건대, 특색이란 참으로 오묘한 것이다. 애초에 특색을 만드는 것부터가 쉬운 일이 아니다. 대중의 반응을 완벽하게 예상할 수 없기 때문에 철저하게 계획한다고 해서 전부 그대로 이루어지리라는 보장도 없다.

"이건 블랙이야" 하고 자신 있게 내세웠는데 "거무칙칙한데?" 하고 외면 받는 일도 자주 있다. 물론 이렇게 오랜 시간을 들여 차별점을 만드는 이들이 있는가 하면, 운 좋게 처음 한두 번의 붓질에 그럴듯한 색이 잡혀 빠르게 시선을 사로잡는 이들도 분명히 있다(여러 요소들이 작용한 결과이겠지만, 그냥 부럽다고 말하면 너무 솔직한 생각일까?). 하지만 어떤 방식으로든 자신의 색을 드러낸 이후 꾸준한 유지와 보수는 모두에게 차별 없이 찾아오는 책임이다. 그렇지 않으면 빠르게 빛이 바래지는 건 똑같으니까.

나 역시 힘이 닿는 데까지 끊임없이 덧칠하며 손을 움직일 생각이다.

나는 창작자인 시간을 빼면 늘 열렬한 시청자다.
늘 무언가에 푹 빠지면 그만큼 무언가를 건져서 올라왔다.
누가 건져 올려도 아쉽지 않을 것들만을 준비해놓고 기다리겠다.

2.장

찰나를
연기하기_세진

이신혁의 템포

인간 이신혁과 처음 호흡을 맞춰본 것은 2013년 술자리에서였다. 신혁이의 집은 주기적으로 즐겨 찾는 마니아층이 생길 정도로 손님을 귀하게 대접한다는 소문이 자자했기에 내심 기대가 되었다. 역시나 도착하자마자 그는 정갈하고 맛있는 안주들을 직접 만들어주었고, 우리는 서로가 사랑하는 작품 이야기를 하며 시간을 보냈다. 얼마나 지났을까, 그는 입가에 옅은 미소를 띠고는 냄비 하나를 꺼내왔다. 라면을 끓여주려는 줄 알았으나 그는 동화 속 마녀가 연금술을 부리듯 냄비에 각종 음료와 술을 섞기 시작했다. 그리고 연거푸 냄비에 섞인 그것들(?)을 국자로 퍼서 내 컵에 따라주었다. 흑마법의 영향이었는지, 정신을 차려보니 이미 다음날 오후였다.

그것이 일종의 오디션이었나 보다. 감독 이신혁과는 그로부터 얼마 지나지 않아 〈알콜 전쟁〉이라는 영상으로 처음 호흡을 맞췄다. 그 영상을 촬영하는 몇 시간 동안 실제로 술을 마셨는데, 내게는 그보다 더 힘든 부분이 있었다. '아이 엠 그라운드' 나 '프라이팬

놀이' 같은 술 게임 박자에 맞춰 대사를 내뱉고 연기해야 한다는, 나로서는 처음 접해보는 낯선 연출 방식이 그것이다.

지금에 와서 내가 '이신혁의 템포'라고 만들어 부르는 말이 있다. 이신혁의 템포란 굉장히 짧은 시간 내에 많은 감정 변화를 보여줘야만 하는 연기를 뜻하는데, 신호등으로 치면 빨간불에서 파란불로 바뀌는 사이에 켜지는 극도로 짧은 노란불을 연기하는 것과 같다. 그래서 나의 마음이 아직 빨간불에서 파란불로 바뀔 준비가 되지 않아 그 적절한 타이밍을 놓치면 큰 좌절감을 맛보곤 했다.

이신혁 감독과 지금까지 작품을 함께하며 수많은 템포들을 마주했다. 놀랍게도 그는 매 영상마다 조금씩 변주된 새로운 템포로 나에게 늘 새롭고 짜릿한 좌절감을 맛보게 한다. 특유의 빠른 전개와 장면 전환 속도는 시청자의 눈을 빠르게 사로잡아야만 하는 웹 영상의 특성이기도 했기에 그 안에서 살아남는 것은 내 몫이었다. 또한 그것이 내가 우리 팀에서 하는 유일한 '일'이기도 하다.

3초, 찰나를 연기하기

　우리의 영상 중 어떤 것들은 평균적인 장면 전환 속도가 2~3초 남짓할 정도로 빠르다. 신혁이 Project SH라는 이름으로 활동하던 때의 〈성적표 소곡〉에서 이 부분이 잘 드러난다. 주인공의 대학교 성적을 음악적 코드로 대입하여 진행되는 그 영상에서, 나는 주인공이 대학교에 입학한 날부터 사회인이 될 때까지의 모습을 표현해야 했다. 참신한 아이디어에 누구나 공감할 만한 흥미로운 이야기였지만 설레는 만큼 걱정도 컸다. 극 중에서 약 7년간의 세월을 거치며 변화해가는 인물이라는 점, 음악의 템포에 맞춰 한 화면 당 3초 이내에 표현해야 한다는 점, 대사가 하나도 없다는 점, 안타깝게도 내게 그것을 가능케 할 연기력 같은 게 있을 리 없다는 점 때문이었다.

　지금 다시 보면 늘 그렇듯 스스로에게 아쉬운 점이 많다. 그럼에도 〈성적표 소곡〉에 가장 애착이 가는 이유는 그 영상을 촬영하며 본격적으로 우리가 무엇을 하고 있는지, 어떻게 적응해야 할지 조금이나마 알게 되었기 때문이다.

사실 〈성적표 소곡〉에서 이신혁 감독은 훨씬 간편한 방법을 쓸 수도 있었다. 대사를 이용해 '이번 시험은 준비를 덜 하는 바람에 D를 받아버렸네'라고 표현하면 상황을 전달하기에 훨씬 수월했을 것이다. 하지만 그는 그간 익히 봐온 영상들의 방식을 그대로 따라가는 대신 우리가 활동하는 매체의 특성을 분석해 본인만의 템포로 음악을 쓰고, 그에 맞는 영상을 만들어냈다. 대사를 생략함으로써 인물의 자잘한 감정보다는 전체적인 감성이 부각되도록 했고, 빠른 이야기 진행으로 한 인물이 겪는 7년여의 시간을 지루하지 않게 풀어냈다.

나는 '발표를 잘 못하는 1학년' '발표를 하는 2학년' '발표를 잘하는 3학년'과 같은 지문을 가지고 내 나름대로 평범하지만 입체적인 인물을 만들고자 노력했다. 연애를 할 때와 면접에 합격했을 때, 졸업식 날을 제외하고는 시간을 거듭할수록 피로와 권태를 느끼는 인물을 연기했다. 점점 익숙해지는 일상에 둔감해지는 인물을 표현하고 싶었으나 잘 되었는지 모르겠다. 그 영상을 보신 분들 중 지금 '아 개가 그런 애였어?' 싶은 분이 있다면 난 못한 거다. 하지만 좌절감은 늘 새롭고 짜릿하다.

드라마, 영화, 연극 등 매체마다 특성이 다르고, 그에 적합한 연기의 기술 또한 조금씩 다르다지만 솔직히 나는 그것을 다 이해

할 정도의 좋은 머리를 가지지 못했다. 다만 현재 내가 속해 있는 무대 또한 다른 매체와 다를 것 없이 그 나름의 특별한 성질을 가졌다고 생각한다. 빨간불에서 파란불로 가기까지의 호흡을 충분히 가지는 것이 기존에 배워왔던 매체 연기의 특성이었다면, 그 간극을 줄이는 대신 조금 더 직관적인 표현을 통해 음악적 템포를 살리고 시청자의 눈길을 사로잡는 것은 티키틱 영상만이 가진 특성이다.

이런 고민들이 나로 하여금 대단한 명연기를 펼칠 수 있도록 도와준다면 너무나도 좋겠지만 지금까지도 그랬듯 앞으로도 그런 드라마틱한 일은 없지 않을까 싶다. 그럼에도 한 가지 믿는 것은, 지금 우리가 서 있는 이 무대의 성격에 대해 진지한 고민을 가지고 함께 호흡하면, 우리가 만들어내는 것들이 '영상물'에서 '작품'이 될 수 있다는 가능성이다.

3장

더 잘하고 싶다는
즐거운 욕심_추추

티키틱표
영상 제작기

앞서 은택이 우리가 '오래 남는 이야기'를 하기로 결정하게 된 이유를 이야기했다. 매주 한 편 이상의 콘텐츠가 올라오는 유튜브 시장에서 본래 우리가 목표로 했던 업로드 주기는 본편과 메이킹필름을 번갈아가며 한 주에 한 편 업로드 하는 것이었다. 이 스케줄을 소화하기 위해서는 촬영을 마친 우리의 머릿속에 이미 다음 촬영을 위한 계획표가 돌고 있어야 한다. 늘 '새로움'과 '공감'을 이끌어내고자 노력하는 티키틱의 영상 제작 과정에 대해 이야기해보겠다.

일반적인 영상 콘텐츠의 설계, 그중 시나리오 제작에 이르기까지의 과정을 간략하게 요약하면 아래의 세 단계 정도가 된다.

아이디어 → 시놉시스 → 시나리오

여기서 우리가 만들어내는 콘텐츠가 대개의 영상 콘텐츠와 다른 점이 있다면 아이디어의 다음 단계가 음악 제작이라는 점이다.

이다.

아이디어 → 음악 제작 → 시나리오

이야기의 중심인 아이디어가 나오면 시놉시스나 시나리오 작업보다 음악 작업이 우선시된다. 음악 제작은 우리의 감독이자 대장 신혁이 가장 힘과 시간을 많이 들이는 단계다. 신혁이 그리는 음악의 분위기와 리듬, 템포 등이 만들어지면 그에 맞춰 영상의 컷과 템포, 전체적인 그림이 그려진다. 가사가 붙는 경우 이야기의 세부 내용을 가사나 내레이션 속에 대입시켜 정리한다. 말하자면 음악의 리듬과 멜로디, 가사가 콘텐츠의 설계도가 되는 것이다.

이 단계에서 신혁은 세진과 서로의 머릿속을 공유하며 이야기와 캐릭터 구성을 완료한다. 이때, 둘의 발상과 드립의 시너지는 극에 달하며 둘이서 아이디어를 한번 나누기 시작하면 막차를 놓칠 정도로 몰입하게 된다고 한다.

그 뒤에 출연진과 촬영 장소(로케이션) 섭외가 본격적으로 이루어지는데, 출연진은 시나리오에서 설정된 캐릭터의 성격과 이미지, 노래의 색을 고려해 정하는 경우가 많다.

캐스팅과 동시에 촬영 준비가 진행된다. 세진은 이야기 속의 캐릭터를 신혁과 함께 연구하며 연습에 매진한다. 신혁은 촬영 현장에서 필요한 컷 구성과 가이드곡을 작업한다. 티키틱의 음악 대부분은 신혁의 목소리로 먼저 녹음되어 현장에서 가이드곡으로 쓰이곤 한다. 은택은 촬영 현장에서 포인트를 갖춰줄 소품들이나 사전에 준비가 필요한 미술 파트를 담당하여 준비한다.

나는 로케이션 헌팅을 할 때 신혁의 머릿속에 있는 배경들의 특징을 곱씹으며 이야기에 맞는 장소를 탐색하려 애쓴다. 이와 동시에 장비 구성 및 예약을 담당하여 준비한다.

준비 단계는 해야 할 일이 방대해 보이지만 팀원 네 명 모두가 동시에 덤벼들어 일을 처리하는 터라 비교적 짧은 시간 내에 마친다. 촬영 당일, 각자 준비한 것을 가지고 모이게 되는데 경우에 따라 개인 장비나 소품을 직접 챙겨오기도 한다.

예를 들면 〈생각이 똑똑〉에 쓰였던 전동 킥보드는 세진이 직접 가져왔고, 영상에 나오는 대부분의 노트북은 은택이 실제로 메이킹필름을 편집할 때 쓰는 친구다. 신혁은 붐 마이크나 삼각대와 같은 부피가 큰 개인 장비도 사용하고 있어 촬영하는 날이면 공항에 가는 사람처럼 대형 캐리어를 끌고 오는 경우가 잦다.

촬영이 시작되면 다른 현장과 조금 다른 점이 보인다. 시나리오나 인물의 대사보다는 음악의 속도와 박자에 맞춰 촬영이 진행되는 점이 그렇다. 머릿속에서 재생되는 음악에 맞춰서 신혁은 마치 지휘자가 된 듯 디렉팅한다. 진행사항 체크용 펜이나 신혁의 손가락이 지휘봉 역을 맡는다. 우리는 그 지휘에 맞춰 한 컷 한 컷 그려나가듯 촬영을 진행한다. 보통 흔하게 알고 있는 영상 제작 현장이 아닌, 음악에 맞춰 움직이는 뮤지컬 공연에 더 가까운 그림이라고 할 수 있다.

촬영 후 후반 작업, 즉, 편집은 신혁이 컷 작업부터 색 보정까지 거의 대부분 주도하여 진행한다. 이때 편집된 영상에 맞춰 추가적인 음악 작업을 마치면 영상 전체의 음악이 완성된다. 모션 그래픽과 타이틀 디자인, 자막 같은 CG 작업은 은택이 맡아 신혁과 협업한다.

기획 단계에서부터 완성 후 업로드까지 대략 3주 정도의 제작 기간을 갖는다. 시나리오나 편집 등 각 단계에 시간을 얼마나 들이는지 물어보는 분들도 적지 않지만, 작품마다 매번 들쭉날쭉이라(〈제가 왜 늦었냐면요〉는 준비만 2주가 넘게 들었다), 단계별 소요 시간을 상세히 나누는 것은 큰 의미가 없다고 생각한다.

이렇게 우리는 원하는 콘텐츠를 위해서, 빠르게 많이 만들 수는 없는 방향으로 힘을 쓰고 있다. 그러나 그렇게 해왔기에 우리가 세웠던 초심에서 변하지 않을 수 있었다고 믿는다.

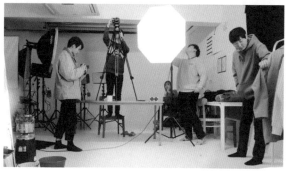

우리는 우리가 만들고 싶어 하는 콘텐츠를 위해 우리만의 빠르기로 힘쓰고 있다.

메인 촬영 장비,
그리고 제작의 기준

티키틱을 시작하고 정말 많이 듣는 질문은 장비에 관련돼 있다. 물론 그렇게 어려운 질문은 아니다. "P사의 카메라와 L렌즈군을 메인으로 사용합니다." 지금 쓰고 있는 장비를 아무도 모르게 몰래 쓰는 게 아닌 이상 이렇게 쉽게 답할 수 있다. 그런데 과연 이 대답이 질문한 사람에게 필요한 답일까? 장비에 관련된 질문은 분명 각자에게 맞는 장비를 찾고자 하는 마음에서 비롯된다. 따라서 어느 순간부터는 그렇게 단순히 대답해서는 안 되겠다는 생각이 들었다.

영상 콘텐츠가 넘쳐나는 시대에 크리에이터를 준비하는 사람이라면 누구나 장비 선택을 두고 고민하기 마련이다. 카메라부터 마이크, 조명기, 편집기까지 수많은 선택지 속에서 대부분의 사람들이 고려하는 기준은 크게 두 가지일 것이다.

① 값비싼 장비

② 유명인이 쓰는 장비

비싼 장비로 촬영하면 또는 유명한 제작자가 쓰는 장비를 쓰면 멋진 영상이 나올 확률이 높다. 이미 검증된 방법이고 부정할 바가 없다. 하지만 값비싼 장비로 브이로그^{vlog}를 찍는다 한들 그 콘텐츠에 필요한 기준이 충족되었다고 볼 수 있을까? 유명 여행 유튜버의 장비를 그대로 쓴다고 해서 그가 만든 영상에서 느낀 개성과 분위기를 똑같이 만들어낼 수는 없을 것이라는 의미다.

가격과 트렌드를 기준으로 두는 것은 어디까지나 타인이 만들어낸 기준에 따르는 일이라고 볼 수밖에 없다. 다른 사람의 콘텐츠에 맞는 기준을 내가 제작할 콘텐츠에 억지로 맞춘다면 맞지 않는 부품을 끼운 장난감처럼 삐걱거릴 것이 분명하다. 나만의 콘텐츠를 만들기 위해 다른 사람이 아닌 나에게 필요한 기준을 세울 용기가 필요하다.

그렇다면 콘텐츠를 제작할 때 나만의 기준은 어떻게 세울 수 있을까?

〈왜 전화했지〉를 촬영할 때였다. 작품 전체에서 몽글몽글하고 몽환적인 분위기를 만드는 것이 조명의 가장 큰 임무였다. 이날은 촬영장이 좁아서 평소에 쓰던 조명 기기로는 지나치게 강하고 진한 빛이 만들어질 우려가 있었다. '은은한 공기'가 제일 중요했기에 실제로 은택이 집에서 사용하고 있던 인테리어 무드 등으로 조명을 대신했다. 결과는? 대성공이었다.

결국 내가 생각하는 '나만의 기준'은, 콘텐츠에서 표현하고자 하는 것 중 '다른 건 다 포기해도 이것만큼은 포기 못 해!'라고 할 만한 한 가지에 집중하는 것이다. 현실적으로 완벽을 바라지 못하는 경우에도 이 한 가지를 표현하는 최선의 방식을 찾아내는 데 성공했다면 그 외의 요소들에서 조금 부족한 결과가 나온다고 해도 괜찮다고 생각한다. 말 그대로 조금은 '엉성해도 괜찮다'는 의미다.

〈후회의 노래〉를 제작할 때는 '어제의 나'와 '오늘의 나' 사이의 완벽한 구도적 일체감을 만들기 위해 노력했다. 이를 위해 줄자로 카메라와 인물 사이의 거리를 일일이 재어가며 모든 장면을 촬영했고, 영상 속 세진의 구도가 틀어지지 않도록 모든 소품과 카메라를 테이프로 단단히 고정했다.(이를 위해 신혁은 메인 장면을 촬영하는 동안 카메라 옆에서 자리를 잡고 일어나지를 못했다.)

어떤 콘텐츠를 만들든 내가 표현하고자 하는 이야기에 집중한다면 굳이 촬영 장비를 고급화하지 않아도, 조금은 엉성해도 꽤 괜찮은 결과물이 나온다는 걸 깨달았다. 줄자도, 테이프도 전문 촬영 장비는 아니지 않나. 오히려 다른 사람에게 보이는 요소를

신경 쓰느라 정작 집중해야 할 자기 이야기의 기준을 잡지 못해
무엇을 전달하고자 하는지 알 수 없게 되어버린 콘텐츠들이 많
다. 누구나 콘텐츠를 만들 때 타인이 아닌 자기 자신을 기준으로
삼을 수 있기를 바란다.

집요한 끄적임으로
만들어낸 디테일
_은택

시작은 언제나 하찮은 이유

이지툰, 플래시, RPG 게임 만들기……. 지금은 역사의 뒤안 길로 사라진 2000년대 추억의 창작 툴(도구)들이다. 어린 시절 인터넷에서 좀 놀아봤다는 창작자라면 이 프로그램들을 모를 수 없다. 그림에 재능이 있든 없든 내가 그린 낙서가 애니메이션으로, 게임 캐릭터로 살아 움직인다는 것은 이제 막 컴퓨터와 친해지기 시작한 꼬맹이들에겐 눈이 확 돌아갈 만한 일이었다.

몇 시간 동안 마우스로 삽질을 해 만들어낸 결과물은 남이 보기엔 하찮아 보일 수 있지만, 스스로에게는 내 손으로 탄생시킨 피조물이나 장인의 작품처럼 소중하게 여겨진다. 여기에 집중하다 보면 〈스타크래프트〉니 〈서든어택〉이니 하는 컴퓨터 게임도 시시해질 정도다.

낡은 볼 마우스로 무언가를 창조해내는 일이 '놀이'가 된 어린 시절의 당신, 환영합니다. 방구석 창작자의 길에 들어오셨군요.

내 주변 방구석 창작자들의 버튼은 서로 다 다른데, 한 살 위인 동네 형은 아버지가 운영하는 문구점의 CM송commercial song, 광고 음악을 제작하겠답시고(?) 어설프게나마 미디 작곡에 입문했고, 자신이 덕질하는 아이돌의 '움짤'을 만들려다 포토샵 장인이 된 친구도 주변에 최소 다섯은 넘는다. 나의 경우 그 버튼은 〈메이플스토리〉라는 온라인 게임이었다.

초등학교 2학년이었던 나는 〈메이플스토리〉에 새로 업데이트된 루디브리엄이라는 마을을 가보고 싶었지만 내 캐릭터는 그곳에 발을 들이기에 턱없이 약했다. 그래서 다른 강한 유저user가 올려주는 새로운 마을과 몬스터에 대한 정보 글을 감상하는 것으로 대리 경험하곤 했다. 그러던 중 우연히 엉뚱한 버튼을 눌러 이미지가 500퍼센트 확대되어 버렸는데, 그 순간 아기자기하게 생긴 몬스터의 적나라한 실체를 보고 만다. 괴상한 네모 모양 점으로 이루어진 몬스터들 말이다. 세상에, 헝겊과 솜으로 만들어졌다고 굳게 믿고 있던 곰 인형 몬스터가 사실은 가로 43픽셀, 세로 50 픽셀의 픽셀 덩어리었다니!

놀이를 통해
터득한 감각

'물질은 원자로 이뤄져 있다' '모든 이미지는 점으로 이뤄져 있다'는 사실을 미처 배우기도 전에 해상도라는 개념을 깨우치고 말았다.

그림판을 열어 돋보기로 빈 캔버스를 1,200퍼센트 확대한 뒤, 점을 몇 개 찍고 축소하니 그림이 만들어졌다. 어설프게 마우스로 그은 선과는 확연히 다른 정교함이었다. 픽셀의 매력에 푹 빠진 나는 하교 후 집에 오면 매일같이 그림판을 켜고 점을 찍었다. 점 100개를 찍으면 게임 그래픽과 흡사한, 실제 게임에는 없던 새로운 몬스터가 탄생했고, 그걸 게임 커뮤니티에 올려 자랑하는 게 당시의 내 일상이었다.

이번에는 멈춰 있는 이미지를 게임 속 몬스터처럼 움직이게 만들고 싶어서 실제 게임의 그래픽을 뜯어 연구했다. '왜 똑같은 캐릭터 이미지가 여러 장 있는 거지?' '아, 그림 한 장 한 장이 빠른 속도로 움직이면서 애니메이션이 되는 거구나!' 그렇게 우연히 프레임이라는 개념을 이해하게 됐다. 대한민국 대표 게임사의 그래픽 전문가가 한 프레임 한 프레임 공들여 만든 실무 애니메이션을 일대일 조기 교육 받은 기분이었다.

만약 좋아서 놀듯이 파고들다가 깨닫게 된 게 아니라 컴퓨터 이론을 통해 픽셀과 해상도, 프레임을 알게 됐다면 어땠을까? 아마도 그 개념들은 굉장히 따분하게 여겨져 제대로 이해되지 못한 채 휘발되었을 것이다.

흥미를 갖고 직접 느끼고 만져보며 터득한 감각은 오래 남는다. 그렇게 오래 남은 감각은 마치 자전거 타는 법처럼 몸에 익어 훗날 티키틱 작품의 모션 그래픽을 만드는 뼈대가 돼주었다.

비전문성이
응용력이 되는 순간

작은 픽셀 캐릭터를 게임 창작 커뮤니티에 올리며 자신감을 얻은 나는 디자인이나 영상에도 관심을 갖게 됐다. 당시 나의 갖은 딴짓들은 전문 기술보다는 '야매'에 가까웠는데, 그도 그럴 것이 어디서 제대로 배운 툴은 아니었기 때문이다.

그때는 지금처럼 접근성 좋은 강좌 영상이 흔하지 않아서 아무거나 막 누르다가 운 좋게 알게 된 기능들이 내가 가진 기술의 전부였다. 고급 기술이 없으니 표현하고자 하는 바를 구현하려면 잔머리를 써야 했다. 고급 기능을 사용해 만든 결과물을 보면, 알고 있는 몇 안 되는 초급 기술에 갖은 꼼수를 부려 흉내 내곤 했는데, 그러려면 표현하고 싶은 기능이 어떤 구조로 구현되있을지 유추하는 과정이 필수였다. 어쩌면 새 기능을 익히는 것보다 복잡한 방법이지만 별 수 없었다.

이런 습관이 들자 나중에 고급 기능을 사용할 수 있는 상위 툴을 알게 됐을 때 그 툴이 가진 본래 기능 이상으로 더 많은 것을 표현할 수 있게 됐다. 일일이 뜯어보며 배운 덕분에 관찰력과 응용력이 늘어난 셈이다. 나 외에 신혁, 세진, 추추도 비슷한 성장통을 겪었는데 우리 네 사람이 쌓아온 이 잔기술은 티키틱의 영상 제작 전반에 큰 도움을 줬다.

추추 형이 이 분야 전문가다. 카메라 무빙이 필요할 때 바닥에 천을 깔아 즉흥 달리를 만든다든가, 마이크 거치대를 수직으로 꺾은 뒤 물병을 무게 추처럼 매달아 직부감 촬영 장비를 만드는 등 대여해온 장비들을 조합해 전혀 다른 장비를 발명해낸다.

요즘엔 장비를 대여할 여건도, 튜토리얼tutorial, 사용 지침서도 넘쳐날 정도로 충분하다. 접근성 좋은 환경을 두고 굳이 먼 길을 돌아서 갈 필요는 없지만, 비진문성의 집약체인 잔기술은 돌발 상황이나 즉흥 연출에서 '응용'이라는 이름으로 그 진가를 발휘한다.

'놀이'로 시작한 탓에 부담 없이 마음 가는 대로 터득한 표현법은 활자를 통해 익힌 것보다 더 직관적으로 내재되는 감각이다. 이것이 모이면 단순한 도구로도 무엇이든 그럴듯하게 흉내 내는 만능 재주꾼이 탄생한다. 좀 더 욕심이 나면 서적이나 강의를 통해 전문가의 다양한 표현법을 체계적으로 익혀도 늦지 않다. 어설프면 뭐 어때. 손 가는 대로 눌러보자. 하찮은 이유로 시작한 놀이는 어느새 무시 못 할 전문성이 된다.

디자인은 거들 뿐

내가 맡은 분야에 욕심을 부리자면 장면마다 화려한 그래픽이 삽입되는 역동적인 CG 영상도 만들 수 있다. 하지만 티키틱은 모션 그래픽이나 애니메이션 전문 채널이 아니다. 뮤지컬 단편을 주로 만들기에 우리 팀 영상의 주인공은 바로 음악이다. 조명과 미술은 자신의 색채를 독보적으로 뽐내기보다는 상황에 적절한 조화를 보여줘야 오히려 빛이 난다.

그 때문인지 티키틱에서 가장 많이 한 작업은 타이틀 레터링이었다. 〈새 폰 샀다〉를 제작할 당시엔 글씨의 획을 길게 늘여 세진의 팔과 함께 움직이게 만들었다. 새로 산 휴대전화에 신난 모습을 귀엽게 담아내고 싶어, 그리드를 정직하게 맞추기보단 일부러 역동적이고 활발한 레터링으로 디자인했다.

〈생각이 똑똑〉처럼 센티한 작품을 만들 땐 타이틀도 좀 차분해진다. 문 틈 사이로 빛이 들어오는 소소한 애니메이션과 고민을 꾹꾹 눌러 쓴 일기장의 손 글씨 느낌을 레터링했다. 작품의 첫 장을 장식하는 타이틀은 애피타이저 같은 역할을 해준다고 생각한

227

다. 첫술로 작품의 분위기를 읽을 수 있도록 정체성을 잘 담아내는 게 중요하다.

작품별 특징을 첫술로 보여주는 타이틀 레터링.
디자인할 때 여러 부분을 고려하게 된다.

나의 경우 어떤 방법으로 표현할지 결정한 이후엔 떠올린 아이디어를 여러 버전으로 스케치한다. 머릿속으로 생각만 하는 것과 펜을 들고 직접 그려보는 이미지는 또 다르다. 막상 스케치 과정에서 구체화를 하다 보면 생각했던 아이디어와 다른 방향으로 흐르기도 하는데, 이때 계획에 없던 요소를 즉흥적으로 더해보기도 하고, 레이아웃을 바꿔도 보며 여러 버전으로 그려본다. 여러 시안 사이의 합의점을 찾아가다 보면 과하지 않고 만족스러운 스케치가 채택된다.

스케치 시안이 완성되면 그래픽 툴에서 정교한 레터링으로 따낸 다음 영상 위에 얹는다. 다양한 폰트 중 계획한 표현법과 일치하는 것이 있다면 기존 글씨를 재가공하는 것도 괜찮다. 이때 글씨가 영상에서 어떻게 나타날지도 생각한다면 더 좋을 것이다. 영상은 움직이는 매체니까 타이틀을 애니메이션을 통해 표현하기도 한다. 〈에어컨 끄고 나왔던가〉에서는 에어컨 바람에 글씨가 산들산들 흔들리게 했고, 〈컬러링〉은 연결음에 맞춰 글씨에 불빛이 흐르는 애니메이션을 삽입했다.

간혹 복권 속 모델이 움직인다든가 거푸집에 용암을 붓는 것 같은 비현실적인 연출이 등장할 땐 한껏 힘을 줘 그래픽 작업을 한다. 복권의 종이 질감이나 용암의 아지랑이 같은 디테일을 관찰해서 표현해내는 일은 시간이 오래 걸리지만 즐겁다. 그래픽이 한껏 들어간 티키틱 작품은 언제든 대환영이다. 밤을 새 작업해도 좋으니 언제든 맡겨주시라!

하지만 역시 중요한 건 네 사람의 전문성이 함께 어우러져 만들어내는 하모니다. 실은 음악도, 연기도, 조명도, 디자인도, 작품을 통해 전하고 싶은 즐거움과 울림을 위해 그저 거들 뿐. 각 분야의 노고를 눈치채지 못할 만큼 편안하게 감상했다면 그걸로 충분하다.

장애물은 내게 맡겨줘

"은택이가 CG로 지워줄 거야."

현장에서 치우기 곤란한 옥에 티가 생기면 으레 나오는 말이다. 이제는 우리끼리 일종의 유행어나 밈meme처럼 되어서, 옷을 갈아입지 않아도 은택이가 의상을 그래픽으로 입혀줄 거라는 농담을 나눌 정도다. 하루 만에 단편 촬영을 마쳐야 하는 빠듯한 일정상 간단한 옥에 티는 후반 작업에 맡기고 촬영을 진행하는 편이 실제로도 훨씬 경제적이다. 하지만 정지 이미지가 아니라 영상이다 보니 움직임이 발생하거나 조명의 그림자가 변해 지우는 데 애를 먹기도 한다. 합성 티가 나지 않게 한 프레임 한 프레임 일일이 만져줘야 하는데 그림판에서 픽셀 단위로 애니메이션을 만들던 내게 이런 유의 집요함은 전문 분야다.

아이러니하게도 이 작업은 눈에 띄지 않을수록 비로소 좋은 결과가 된다. 이 말은 눈치채지 못할 만큼 감쪽같이 가리고 나면 누구도 이 노고를 알아챌 방법이 없다는 의미다. 하지만 시선을 빼앗는 장애물을 정리하는 건 작품에 대한 몰입을 유지하는 데 빠져선 안 되는 필수 과정이다. 다행히 누가 알아주지 않아도 나 스스로 마술처럼 사라진 장애물 레이어를 몇 번씩 껐다 켰다 하며 내적 뿌듯함을 느낀다. 가끔 혼자 보기 아까워 메이킹필름에 감쪽같이 합성한 그래픽을 자랑하곤 한다. "이 장면이 CG였어?" 하고 감탄하셨다면 작은 칭찬 한마디를 댓글로 달아주시라(그 댓글에 하트가 눌린다면 그건 제가 누른 것입니다).

〈완벽한 여행〉을 만들 때는 보드게임 판에 타이틀을 얹어 마치 게임판 위에 실제로 인쇄된 것 같은 질감으로 묘사했다.

〈딴짓의 이해〉는 태블릿 화면 속에 글씨를 집어넣었는데, '딴짓'이 적힌 창이 '문학의 이해' PPT 속 '문학'이라는 글씨를 가리고 있는 식이다.

231

아직 쓰이지 않은 이야기_추추

#일이_된_영상 #일이_아닌_영상

언제부터인가 SNS에 촬영의 기억이나 사진을 남길 때 '#일이된영상' '#일이아닌영상'이라는 해시태그를 붙여왔다. 정해진 페이를 받으며 일을 한 작업엔 말 그대로 '#일이된영상'을, 반대로 티키틱에서 하는 작업이나 개인 작업같이 좋아서 만든 영상엔 '#일이아닌영상'을 다는 식으로 스스로 두 가지 작업을 구분하는 기준을 '돈'이라고 생각했다.

그러다 돈을 받고 한 일이지만 그 과정이 즐거워지고, 또 그저 즐겁게 만든 영상이 돈이 되는 순간이 다가왔다. 스스로 정해놓은 기준이 잘못되었음을 깨달은 이후엔 대부분의 영상 작업을 다르게 보기 시작했다. 최근에 내가 참여한 모든 작업은 '#일이아닌영상'이 되어갔다.

어떤 작업을 하더라도 스스로 즐거운 경험으로 여긴다면 일조차 일로 생각되지 않는다. 반대로 어떤 작업이든 해야만 하는 일이라고 생각하는 순간 즐거움은 내 곁을 떠나게 될 것이다.

티키틱 멤버는 이런 생각을 늘 공유하고 있으며 함께하는 모든
사람이 우리와의 작업을 '일이 아닌 영상' 제작으로 느낄 수 있도록
만들려 한다. 또한 참여자 모두가 친구가 되어 사람을 남기는 과정이
될 수 있게 해왔다.

티키틱, 하나의 장르가 될 수 있도록

세진, 은택과 함께 군복무 중인 신혁의 면회를 다니며 티키틱을
만들어보자는 이야기를 나누던 무렵, 우리가 이뤘으면 하는 목표를
정하자고 한 적이 있다. 나는 목표가 있어야 바르게 달릴 수
있다는 생각을 자주 하는 편이라 이 주제로 사뭇 진지하게 생각에
잠겼다. 그때 그동안 들었던 말 중 나를 가장 고민하게 만든 질문이
떠올랐다. "어떤 콘텐츠를 만드나요?"

유튜브를 준비한다고 주변에 말했을 때 가장 먼저 듣게 되는
말이었다. 하지만 아무리 머리를 굴려봐도, 기존의 어떤 장르도
우리가 제작할 영상들을 한마디로 정의할 수 없었다. 질문에 명확한
답을 갖지 못했기 때문일까, 이 고민은 콘텐츠를 생각하는 내내
머릿속을 맴돌았다.

물론 지금에 이르러서는 꽤 정리된 답변을 가지고 있다. 그러나
이제 막 모여서 시작하려던 그 시기에 내 마음속에 자리 잡은
자그마한 고민은 불안감으로 커질 가능성이 있었다. 나는 그 불안한

가능성을 지금의 목표로 삼아야겠다고 생각했다.

"언젠가 큰 시상식에 티키틱 부문이 만들어지면 좋겠다."

내 이야기가 다른 팀원들에겐 쉽게 그려지지 않았는지, 아니면 너무 터무니없는 생각이라 여겼던 건지, 이 목표는 그 이후에 다시 거론될 일은 없었다. 하지만 이때 내뱉었던 가능성은 내 안에 있던 작은 고민을 깔끔히 지워줬다. 앞으로 언젠가 "우리는 이런 콘텐츠를 만들어요"라고 설명하기보다, 이런 대답을 하게 되길 바란다.

"우리는 티키틱을 만듭니다."

영화, 드라마, 뮤지컬, 뮤직비디오와 같이 티키틱 자체가 하나의 장르가 되어 '티키틱 부문'을 어딘가에서 수상하면 어떨까 하는 상상은 아직까지도 나에게 큰 목표이며, 나를 불안하지 않게 붙들어주는 좋은 이정표다. 언젠가 티키틱이라는 장르가 많은 이들이 따라하며 즐거워하는 굵직한 역사가 되는 미래를 꿈꿔본다. 그런 날이 온다면 아마도 우리는 신기해하는 동시에 기뻐하며 더 도약할 수 있을 것이다.

"우리는 티키틱을 만듭니다."

오늘의 무대가 막을 내리면_세진

<무한도전> 종영하던 날

예능 프로그램 <무한도전>이 종영하던 날, 나는 본 방송이
시작하기 한 시간 전부터 세상만사 다 제치고 텔레비전 앞에만 붙어
있었다. 단 한 컷도 놓치고 싶지 않아서 화장실도 안 가고 참았다.

군 입대 전, 지금까지의 인생 중 가장 한량 같은 시간을 보내던
나는 낮에 잠을 자고 밤에 활동을 했다. 어쩌다 실수로 오후에 일찍
잠드는 바람에 다음 날 아침 일찍 일어나기라도 하면 큰일이었다.
심지어 개운하기까지 하다면 더더욱. 베란다 밖으로 사람들이
학교를 가고 출근하는 모습을 보게 될지 모른다. 나는 밝은 하늘
아래 내 모습을 보이기가 부끄러워 늘 새벽 한 시가 넘어서야 모자를
푹 눌러쓴 채 이삼천 원 안팎의 돈을 들고 동네 PC방으로 향했다.

분명 다 그런 건 아닐 테지만, 적어도 내가 다녔던 PC방에서는
그 시간에 게임을 하는 사람들은 거의 없었다. 듬성듬성 앉아
있는 사람들은 대부분 다시보기로 예능이나 드라마를 보거나,
자고 있었다. 자리에 앉아 내가 하는 일은 <무한도전>을 보는
것이었다. 1,000원씩 깨작깨작 요금을 충전시키고 남은 사용 시간을
힐끗거려가며 아무 생각 없이 숨죽여 웃다 보면 어느새 한 편이

끝난다. 방송이 끝나면 잠시 잊고 있던 별의별 잡생각들이 한꺼번에 몰려온다. 잡생각들이 머릿속을 한가득 채우고 버티고 있으면, PC방에서 목숨 걸고 남겨놓았던 1,500원 정도로 집에 가는 길에 막걸리 한 병을 사서 마시고 잔다. 그게 스물세 살, 가장 반짝일 나이의 내 일상이었다.

〈무한도전〉이 끝나면 내 청춘도 끝날 거라 굳게 믿고 있었다. 브라운관 속 그들이 멋지게 레슬링에 도전하고 조정에 도전하는 동안 '비록 나는 이토록 한심한 모습이지만, 언젠가 꼭 잘 돼서 한 번이라도 그 방송에 출연해볼 거다'라고 생각했으니까. 참 말도 안 되는 상상을 한 거다(근데 그걸 또 훗날에 이신혁이 해낸다). 〈무한도전〉이 영원할 거라 생각했다. 그 후로도 몇 년의 청춘을 버텨내는 동안, 고맙게도 〈무한도전〉 역시 여러 위기 속에서 최선을 다해 버텨주었다. 하지만 결국 〈무한도전〉은 막을 내렸다. 마지막 회를 보면서 그날 든 생각은 이거다. '아, 영원한 팀은 없는 거구나.'

내 청춘은 〈무한도전〉과 함께 끝나지 않았다. 오히려 그 반대다. 지금 나는 20대의 시간 중 최고의 순간을 보내고 있다. 우리 팀이 정장을 맞춰 입고 상을 받으러 단상으로 나가던 순간, 팬 미팅 날 팬들이 우리가 만든 노래를 불러주던 순간, 나는 그들의 얼굴 하나하나를 꼭꼭 씹어 마주하며 우리 팀의 마지막을 떠올렸다. 팬 미팅 무대 위에서 이렇게 말했다. '언젠가 힘든 날이 오면 꼭 지금을 기억할게요'라고.

또 다른 무대에 불이 켜지면

개인적으로 〈오늘의 노래〉라는 곡을 참 좋아한다. 이신혁 감독이 작사·작곡한 작품 중에는 멜로디가 좋아서 좋아하는 노래도 많지만 가사가 좋아서 좋아하는 곡 중 하나가 이 곡이다. 그중에서도 가장 좋아하는 소절은 다음과 같다.

'오늘의 무대가 막을 내리면 잠깐 딴 길로 새자, 흥얼거리다 가자.'

'야야야 걔'로 불리던 1세대 UCC 스타는 자기 인생이 막을 내린 줄 알았다. 그래서 새벽마다 PC방으로 샜다가 집에 돌아와 혼자 막걸리를 마시며 날이 밝기 직전까지 헛소리를 흥얼거렸다. 꽤 오랜 시간을 이리 샜다 저리 샜다, 이 노래 흥얼거리다 저 노래 흥얼거리다 했다. 멋진 무대 위를 동경하며 이를 바득바득 갈고 버티다가, 이윽고 무대에 오르길 포기한 순간에야 알아차렸다. '저 무대는 내 것이 아니었다. 그동안 난 무대에 서본 적이 없었다. 심지어 막은 내린 적도 없었다'라는 사실을. 그리고 그때, 정반대쪽의 무대에서 작게 불이 켜졌다.

불 꺼진 나의 무대에 불을 밝혀주고 막을 열어준 티키틱 멤버들에게 진심으로 고마움을 전한다. 훗날 우리 잠깐 딴 길로 새더라도, 부디 즐겁게 흥얼거리고 있기를 바란다.

릴레이 인터뷰

신혁이 → 추추에게

신혁 늘 현장에서 든든한 조연출이 되어주어 고맙습니다. Project SH 때부터 함께 합을 맞춰온 지도 벌써 몇 년째인데요. 다른 촬영 현장의 감독들과 비교했을 때 저만의 특징이 있을까요?

추추 예전부터 꾸준히 느껴오는 놀라움이지만, 촬영 전에도 '이 사람의 머릿속에는 이미 영상이 완성되어 있구나'를 느낍니다. 이미지가 또렷하게 완성돼 있다면 그에 맞는 구성과 그림을 그리기가 조금 더 쉬워지니까요. 현장의 그 가성비 넘치는 진행은 지금의 우리를 지켜준 좋은 힘이라 생각합니다.

신혁 티키틱을 시작하면서 처음으로 카메라 뒤가 아닌 앞에 서게 됐잖아요. 지금은 누구보다 즐기고 계신 것 같아 안심이지만, '인플루언서'의 삶에 적응하면서 힘들었던 점이 있을까요? 남모르게 극복해야 했던 점이라던가.

추추 뒤에서 앞으로 바뀐 것뿐인데도 마음가짐 자체가 달라지는 계기가 됐습니다. 그림을 멋지게 만들기만 하면 되던 일이, 만들어가는 모습까지 신경 써야 하는 일이 됐으니까요. 아직도 힘든 점이라고 한다면 역시 팬들과의 소통입니다. 넘치게 받는 사랑을 어떻게 갚아야 하지 싶어서 남몰래 '소통 왕'이라고 불리는 분들의 소통법을 공부하기도 합니다.

신혁 티키틱의 멤버가 되기 전과 후, 무엇이 가장 많이 달라졌나요? 그리고 그 변화에 만족하시나요? 이 판을 벌린 장본인에게는 참 떨리는 질문입니다.

추추 '뭐하면서 지내느냐'는 질문에 '내가 좋아하는 걸 하면서 지내고 있다'고 대답할 수 있어서, 그 대답에 힘이 가득 실려 있어서 만족하며 지내고 있습니다.

신혁 촬영이 가까워질수록 모든 멤버들이 분주해집니다. 저도 촬영 전날까지 시나리오와 숏 리스트를 달달 외우는데요. 촬영 전에 '이것만큼은 절대로 실수하지 말아야지' 하고 두 번, 세 번 체크하는 것이 있나요?

추추 한 번은 나만 믿으라는 식으로 엄포를 놓은 다음 제대로 구동되지 않는 장비를 현장에 가져와버린 적이 있었어요. 필요한 장비를 빼먹고 온 것이 아닌, 쓰지도 못하는 장비를 챙겨와서 허망하고 부끄러웠던 기억이 납니다. 이후엔 장비의 작동 상태를 꼼꼼히 챙기고 있어요.

신혁 촬영이 끝나면 대여했던 장비를 반납하느라 늘 가장 늦게 퇴근하잖아요. 피곤할 법도 한데 다음 날이 되면 또 금방 멀쩡하게 살아나더라구요. 촬영 후 피로를 푸는 자신만의 방법이 있을까요? 좀 배우고 싶습니다.

추추 잠이죠(웃음). 자기 전에 저를 꽤 많이 믿는 편입니다. '내가 지금부터 자는 잠은 최고의 꿀잠이다'라고 강하게 믿고 잠드는 거죠. 저에겐 어려운 일이 아니지만, 자신을 믿는 것이 힘든 분들이라면 자기 전에 베개를 앞에 두고 주먹으로 베개를 내려치면서 '나는 푹 잘 수 있다!'를 외친 후에 잠들어보세요. 말의 힘은 뜻밖에 굉장합니다. 모두의 숙면을 응원해요.

추추가 은택에게

추추 티키틱을 함께하기로 결정할 당시 막내의 눈으로 본 세 형들의 첫인상은 어땠나요?

은택 대장과 추형은 Project SH 시절부터 종종 만나왔던 사이죠. 티키틱에 처음 합류를 제안해주던 당시 두 사람의 인상은 '밤톨이 선배'와 '곰돌이 선배'였어요. 큰 덩치에 기대고픈 푸근한 추형과 당시 의경으로 복무 중이던 밤톨 머리 대장(좀 귀여웠습니다). 둘과 달리 세진이 형은 〈김민수들〉 촬영 때 짧게 한번 본 게 전부였어요. 구면이지만 초면 같은 그런 사이? 함께하기 위해 삼고초려를 각오하고 찾아간 세진이 형의 인상은 마치 '은퇴한 은둔고수' 같았어요. "돌아가라. 이미 속세를 내려놓은 지 오래다"라고 할 것 같은⋯⋯. 네, 그렇게 해서 밤톨이, 곰돌이 선배와 돌아온 은둔고수와 함께하고 있습니다.

추추 현장에서 미술 외에도 다양한 역할을 수행하잖아요. 작은 배역을 맡기도 하고, 요즘은 조명 일도 척척 해내며 조명 감독의 자리를 위협(?)하고 계신데, 미술 감독과 디자이너 외에 욕심나는 파트가 있는지?

은택 각 분야의 전문가 네 사람이 모여 있다 보니 서로 배울 거리가 참 많은데 그중에도 특히 추형의 어깨 너머로 조명 스킬을 많이 배워요. 연기는 서투르지만 좋아합니다. 어울리는 배역이 있다면 지금보다 더 많은 캐릭터를 맡아보고 싶어요. 시간이 허락한다면 가끔은 디저트처럼 개인 채널에서 습작 연출도 해보고 싶네요. 욕심이 늘 많습니다!

추추 영상 속 작은 디테일을 위해 사서 고생하는 당신, 이건 내가 좀 고생했다! 하고 자랑하고 싶은 에피소드 하나 들려주세요.

은택 〈완벽한 여행〉에 쓰였던 보드게임 소품이요! 촬영까지 시간이 촉박해서 기성품을 쓰기로 했던 걸 직접 디자인하겠다고 우겨서 만들었거든요. 새벽에 24시 인쇄소를 오가며 수작업으로 보드게임 판이랑 말, 카드까지 다 만들어서 촬영장에 갔던 기억이 납니다. 덕분에 타이틀 시퀀스부터 세진과 똑 닮은 말이 빗물에 홀딱 젖는 연출까지 아주 만족스럽게 나왔어요. 시간이 충분했다면 아마 보드게임 룰까지 만들어서 갔을 걸요?

추추 메이킹필름에 공개되지 않은 날것의 모습을 많이 알고 있다고 들었습니다. 차마 메이킹에 담지 못한 멤버들의 방대한 '오프 더 레코드'를 짧게 풀어준다면?

은택 감당하실 수 있겠어요……? 우선 질문을 준 추형의 졸음 모음집은 50개쯤 되고요. 세진이 형의 몹쓸(?) 유머 클립들도 차곡차곡 쌓이고 있습니다. 아마 오프 더 레코드가 공개되면 제일 민망할 사람이 대장이지 싶은데요. 촬영이 10시간이 넘어가면 대장은 지치는 정신을 바로잡기 위해 갑자기 애니메이션 주제가를 열창해요. 배터리 경고음 같은 거죠. '나는야~ 퉁퉁이! 골목대장이라네♪' 도라에몽에 나왔던 이 노래를 가장 많이 불러서 '퉁퉁이 모드'라고 부릅니다. 퉁퉁이 모드가 켜지면 방전이 되기 전에 서둘러 촬영을 끝내야 해요. 저의 하드에는 방대한 양의 클립들이 가득합니다. 그러니까 형들, 나한테 잘하라구!

추추 티키틱을 함께하면서 지금껏 많은 이야기를 써왔잖아요. 앞으로 넷이서 함께 써나갈 여정을 상상해봤을 때 이루고 싶은 일이 있나요?

은택 〈제가 왜 늦었냐면요〉의 조회 수가 천만을 넘어간 것, 1주년 팬 미팅, 책을 출판하게 된 일까지 짧은 시간동안 우리에게 참 멋진 일들이 있었네요. 앞으로 더 큰 성취나 새로운 도전들을 맞이하겠지만 저는 10주년 팬 미팅을 상상하는 게 제일 즐거워요. 그만큼 오랜 시간 함께 작품 활동을 이어왔단 거잖아요? 팀으로 함께하는 창작자에게 두 자릿수 기념일만큼 멋진 훈장은 없는 거 같아요.

은택 〈제가 왜 늦었냐면요〉로 천만 지각 배우가 됐잖아요. 예전에 립싱크로 활약하던 시절엔 '야야야 걔'로 통했었구요. 예전에 꿈꾸던 미래의 모습과 현재 오세진의 삶은 어떻게 다를지 궁금해요.

세진 립싱크가 유명해져서 봉준호 감독님 영화에 캐스팅 될 줄 알았습니다. 실화예요. 말도 안 되는 그런 망상을 제 머리로 했었다는 것이 부끄럽습니다. 엄청나게 유명한 연기자가 되어 돈을 쓸어 담을 줄 알았는데, 지금은 유명하지는 않더라도 좋은 영상에 꾸준히 출연하고 있고, 택시비가 없어 강남에서 구로까지 걸어올 만큼 돈이 없지는 않으니 성공했다고 생각합니다.

은택 짓궂은 질문 하나. 만약 세진이 티키틱의 막내였다면 세 형들은 막내 세진에게 어떤 존재였을까요?

세진 신혁이 형은 녹음을 할 때나 촬영할 때 저에게서 더 끌어내고 싶은 부분이 생기면 어떻게든 끝까지 밀어붙일 것 같아요. 한마디로 저를 더 강하게 키울 것 같은 느낌? 추추 형은 언제든지 밥 사달라고 하면 빚을 내서라도 사줄 것 같고. 아마도 성격이 순한 추추 형한테 제일 많이 까불 것 같아요. 은택이 형은 편집 알려달라고 귀찮게 하면 오히려 자기가 신나서 물어보지 않은 것까지 술술 알려줄 것 같아요. 그런데 쓰고 보니까 다들 이미 저한테 그렇게 해주고 계시네요.

은택 티키틱 작품에 등장하는 세진의 캐릭터는 다양한 작품을 관통하는 일관된 성격이 있는 것 같아요. 극 중 맡은 역할이 실제 본인과 얼마나 닮았다고 생각하나요?

세진 극 중에서는 쉽게 절망하면서도 쉽게 회복하는 인물로 그려지곤 하는데 실제 저는 감정의 기복이 거의 없습니다. 〈새 폰 샀다〉 〈롱 테이크〉 안에서는 남들이 가진 것에 대한 부러움도 많은 인물로 그려지는데, 저는 고양이 키우는 사람들 빼고는 부러워하는 것이 전혀 없어요. '뒷키틱' 시리즈에 나오는 모습이 그나마 평소 제 모습과 크게 다르지 않다고 봅니다.

은택 배우 오세진이 아닌 백스테이지 채널의 총 책임자, 오세진 감독님께 드리는 질문입니다. 백스테이지 콘텐츠에 무한한 인력과 자본과 시간이 있다면 네 멤버의 캐릭터 조합으로 해보고픈 특별한 기획이나 포맷이 있을까요?

세진 일단 무한한 자본을 주시면 그때 생각해보겠습니다.

은택 이거 꼭 물어보고 싶었는데…… 맏형이라 좋은 점은? (100자 이상)

세진 100자를 다 채우지 않아도 제가 두려울 것이 없다는 점이 좋습니다.

세진 2년간 한 연기자와 몇십 개의 영상을 촬영하면 지겨울 법도 한데 아직까지 잘 버텨주셔서 감사합니다. Project SH까지 합치면 우리가 벌써 9년째 호흡을 맞추고 있는데, 한 연기자와 너무 오래 영상을 만들다 보면 생기는 장점 혹은 단점이 있나요?

신혁 아이고, 버티긴요. 오히려 아직까지도 새로운 모습을 발견하고 있어서 놀랍습니다. 우선 티키틱처럼 꾸준히 시나리오를 써야 하는 환경에서는 장점이 더 많다고 느껴져요. 오래 합을 맞춘 사이다 보니 이제는 대사를 쓸 때나 인물의 동선을 짤 때도 '이 형은 이렇게 연기하겠구나' 하는 감 같은 게 생겨서 더 재밌고 수월하게 작업할 수 있게 됐거든요. 물론 익숙한 모습에만 연연하는 것은 피해야겠죠? 형에게 어울리는 새로운 역할도 늘 고민하고 있습니다.

세진 작사, 작곡, 연출, 편집에 이어 이제 영상에 직접 출연해 연기도 보여주고 있는데요. 제가 만약 감독인 동시에 연기까지 한다고 생각하면 내 연기에 OK 사인을 외치는 순간이 가장 민망하지 않을까 생각됩니다. 연출과 연기를 병행하는 촬영에서는 어떤 점이 힘든가요?

신혁 제 연기를 실시간으로 관찰하지 못한다는 게 제일 어려워요. 보통은 사전에 촘촘하게 계획해둔 완급에 맞춰 배우들에게 연기를 지시하는 편이라 제 스처 하나부터 대사의 말끝을 올리고 내리는 것까지 온 신경을 집중해서 보는데요. 직접 연기할 때는 이에 대한 피드백을 해줄 수 있는 사람이 없어서 힘들죠. 그래서 스스로의 모습은 가급적 여러 템포로 연기할 때가 많아요. 그래야 편집 과정에서 의도에 맞는 테이크를 골라 쓸 수 있으니까요.

세진 촬영을 하다 보면 아무리 철저하게 준비해도 어쩔 수 없이 생기는 변수들이 있지요. 제 기억에 감독님은 그런 상황에서도 당황하는 모습을 보인 적이 없는데, 우리 모르게 가장 당황했던 돌발 상황이 있었나요? 있다면 어떻게 극복했나요?

신혁 〈동화는 무슨〉 촬영할 때 몇 백 석 규모의 강의실에서 출연진 모두가 립싱크를 해야 하는데 스피커 배터리가 방전돼버렸잖아요. 어쩔 수 없이 휴대전화로 음악을 틀고 직접 노래를 불렀어요. 다른 사람들 눈에는 참 신나보였겠죠? 저도 처음엔 재밌었는데 한 시간 정도 같은 부분을 반복해서 부르니까 목이 나가 있더라고요. 그래도 잘 끝나서 다행입니다.

세진 스물셋 무렵 저에겐 삶의 가장 어두운 부분이 존재했는데요. 그래도 가끔 Project SH 영상에 출연할 때면 큰 위로가 되었습니다. 그때 불러주어서 감사해요. 제 눈에는 완벽해 보이는 이신혁 감독의 삶에도 어두운 순간이 있

었나요? 있었다면 어떤 것이 위로가 되었나요?

신혁 Project SH를 정리하고 티키틱을 준비할 무렵이었는데, 저도 사람인지라 열심히 계획을 세우다가도 가끔 불안해지는 때가 있더라고요. 국방의 의무를 수행하느라 대중의 눈에 노출되는 활동은 쉬고 있던 시기여서, 솔직히 '사람들이 날 잊으면 어떡하지?' 하는 걱정이 컸습니다. 뻔하게 들릴 것 같지만 멤버들이 큰 힘이 되어 주었습니다. '이 사람들과 함께라면 더 크게 돌아갈 수 있다'는 자신감이 생기면서부터 걱정들이 천천히 사라졌으니까요. 부름에 응해 주셔서 저도 감사합니다.

세진 이신혁 감독이 수명을 깎아 음악을 만든다는 창작의 성은 환경이 좀 나아졌나요? 그러니까……. 밥은 잘 챙겨 드시냐는 이야기입니다.

신혁 그럼요. 저 생각보다 생활력 강합니다. 요즘은 밥도 직접 차려 먹고 운동도 거의 매일 하고 있어요. 맥주 마시는 날만 반절 정도로 줄이면 더 윤택한 삶을 누릴 수 있을 것 같기는 한데……. 아직 이것만큼은 포기하기 힘드네요 (웃음).

오늘이 무대, 지금의 노래

1판 1쇄 발행 2021년 3월 31일
1판 4쇄 발행 2021년 4월 12일

지은이 티키틱
펴낸이 김영곤 **펴낸곳** 아르테
키즈융합부문 이사 신정숙
융합사업2본부 본부장 이득재
문학팀 김유진 김연수 원보람 **디자인** 강경신 디자인, 나이스 에이지(강상희)
영업마케팅본부장 김창훈
영업팀 허소윤 윤송 이광호
마케팅팀 정유진 김현아 진승빈
제작팀 이영민 권경민

출판등록 2000년 5월 6일 제406-2003-061호
주소 (10881) 경기도 파주시 회동길 201 (문발동)
대표전화 031-955-2100 **팩스** 031-955-2151 **이메일** book21@book21.co.kr

아르테는 ㈜북이십일의 문학 브랜드입니다.

ISBN 978-89-509-9461-7 03810